# 了不起的密码

[英] 马克 · 弗拉里 著 周自恒 译

湖南科学技术出版社 小博集 BOOKY KIDS

# 序言

正如火焰的亮光吸引着飞蛾，一直以来，人类也被各种各样的谜题和密码所吸引，无法自拔。人们对谜题和密码如痴如醉，甚至会刻意编造谜题和密码，让福尔摩斯这种虚构的侦探去破解。同时人们对于谜题和密码的痴迷，还促使他们创造出了印第安纳·琼斯[①]——一位集冒险精神、强壮体魄和语言的独创性于一身的孤胆英雄，当然，最特别的还有他那顶标志性的帽子。

不过，人们为什么要编造谜题和密码呢？正如这本颇具启发性和综合性的著作所展示的那样，现实世界已经为我们提供了大量有趣的密码，让我们为之欣喜，也为之苦恼。就我自己来说，我为破译神秘的伏尼契手稿（见下页图）做了大量工作，这都源自我童年时代对破译各种密码的迷恋，这些密码有古代的也有现代的，包括神秘的象形文字、罗塞塔石碑、卢恩文字和克里特线形文字 B。除了这些谜题本身，破解谜题的人也比诸如印第安纳·琼斯之类的人更加怪异，更加具有独创性，因为他们需要克服常人无法想象的困难才能破解这些谜题。

由于被邀请为本书作序，我仔细阅读了这本书。它将我带回到我曾经探

①电影《夺宝奇兵》的主角。——译者注

伏尼契手稿，一部通过密码来隐藏信息的历史档案。

索过的那个充满冒险的古老世界，与我最爱的那些密码重逢，比如至今依然未被破译的费斯托斯圆盘，以及神秘的朗格朗格板。尽管这些都是我的老朋友了，但我依然从中了解到一些新鲜的知识，比如我以前不知道，莫尔斯居然是一位肖像画家，而他妻子的死则是他发明莫尔斯电码的缘由。

此外，这本书还为我们展示了一些鲜为人知，却同样有趣和引人入胜的密码。这些密码对我来说也是新朋友，比如神秘的古代密码、商业密码、诗歌密码、高级加密技术等等。与此同时，我也认识了一些神奇和可爱的人物，他们是加密者与破译者、士兵与魔术师、江湖术士与科学家、出题者与解题者。有些谜题和密码已经被破解，但仍然有很多谜题和密码令我们百思不得其解，至今无法破译。在此，我想向本书作者表达由衷的感谢，感谢他让我与令人怀念的老朋友重逢，也让我结识了更多可爱的新朋友。

破译密码需要灵活的头脑和细致勤奋的努力，但更重要的是好奇心以及对新事物的热爱，还要放下先入为主的偏见，跳出惯常的框框来思考。这本书充满了惊喜和灵感，以及无尽的乐趣和洞察力，它能唤起我们的好奇心，并触动我们人性中最基本的东西——想要解释和理解一切未知，并享受这一过程的强烈欲望。

斯蒂芬·巴克斯博士

# 博大精深的密码学

在这本书中，我们将带你探寻密码学的历史，从五六千年前的印度河谷开始，继而探索古希腊和古埃及人是如何保护秘密的。从公元前五世纪的历史学家希罗多德的著作中，我们不仅可以了解一些日常生活中发生的事件，还可以找到很多有趣的细节，这其中就包括一种将消息刺在奴隶头皮上传递秘密消息的方法。希罗多德在《历史》一书中记录了希斯提亚埃乌斯在希波战争时期用这种方法传递消息的故事。希斯提亚埃乌斯命令人将一个奴隶的头发剃光，然后亲自将消息刺在他的头皮上。当奴隶的头发重新长出来之后，头皮上的消息就被隐藏起来了。根据希罗多德的记录，希斯提亚埃乌斯派这位奴隶去送信，并告诉他："你到达米利都之后，让僭主阿里斯塔格拉斯（希斯提亚埃乌斯的女婿）剃光你的头，这样他就能看到我给他的消息了。"

希罗多德还提到了古希腊人使用的另一种技术，即将消息刻在一块木板上，然后再用熔化的蜡将消息掩盖起来。这类方法被称为隐写术。常见的隐写术还包括用隐形墨水写字，将消息隐藏在邮票下面，或者在特定的字母下面标上记号让对方只看这些字母。

当欧洲进入中世纪时，阿拉伯学者成了密码技术的引领者。阿拉伯哲学家肯迪发明了频率分析法，开创了专业密码分析，或者说密码破译的先河。肯迪的成就为密码学家和密码破译专家之间的竞赛打响了第一枪，这场旷日持久的竞赛一直持续至今，双方你追我赶，交替领先，互不相让。欧洲思想家发明了一种全新的技术，这种技术使用多套字母表来阻挠频率分析，在他们看来，这一关键技术使破译变得不可能。但是到了19世纪，普鲁士军官弗里德里希·卡西斯基证明，这项看似无懈可击的技术依然存在弱点。

19世纪上半叶，随着工业革命的发展，国际贸易的日趋兴盛以及电报的普及迫切需要一种快速、安全的长距离通信方式。塞缪尔·莫尔斯为世界贡献了一种以他名字命名的编码系统，而其他一些学者则认为，要确保通信安全还需要比莫尔斯电码更进一步。20世纪初，战火在全世界蔓延，参战各方的密码设计者和密码破译者之间的争斗也变得尤为激烈。法国军人、密码学天才乔治·潘万为抵抗德军的春季攻势做出了不可磨灭的贡献，而美军则利用乔克托族的古老语言确保盟军通信的安全。两次世界大战期间，密码学也迎来了一个重要的转折点——手工加密的时代结束了，取而代之的则是机械加密时代。这使得加密一方能够采用空前复杂的方式来隐藏信息。

即便如此，这些密码依然不是不败金身。盟军破译者们在英国的布莱切利庄园所做的工作，直到第二次世界大战结束几十年之后才被公之于众。有人曾评价，盟军在布莱切利庄园的努力至少让战争提前两年结束。随后，数学家逐渐成为密码学领域的主要领导力量，他们不断提出更复杂的算法，在计算机时代确保着信息的安全。而日趋复杂的信息技术，已成为密码学领域的绝对主宰。

## Code 与 Cipher 的区别

Code 与 Cipher 这两个词都表示密码的意思，通常情况下，它们是可以互换的，但实际上它们的意思存在一些重要的差异。

简单来说，最主要的区别是，Cipher 是一种通过将明文中的每个字母替换成其他符号来隐藏消息意义的系统，而 Code 则更偏向于根据密码本中所列出的规则替换整个单词或词组。

从结果上说，Code 比 Cipher 更加静态，缺乏灵活性。例如，一种 Code 可以规定编码“5487”代表“攻击”，这意味着只要在消息中出现“攻击”这个词，密文中就一定会出现 5487 这个编码。尽管某些密码本可以为同一个词语规定多种编码，但变化毕竟是有限的。

相对而言，Cipher 可以将“攻击”这个词加密成不同的形式，即使在同一条消息中出现多次，每次的密文也可以完全不同，这使得破译者更加难以找出其中的规律。这本书旨在从历史的角度探索密码的世界，同时也提供了实用的工具，只要对密码学有兴趣，任何人都可以使用这些工具去尝试破译加密的消息。

THE GREATEST CODES

# 目录
# Contents

## 1 古代密码
## THE ANCIENTS

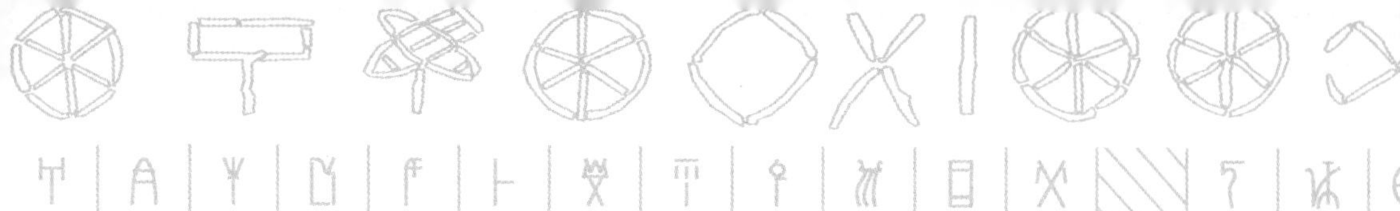



## 2 智慧之子 THE SONS OF WISDOM



## 3 超越字母 BEYOND THE ALPHABET



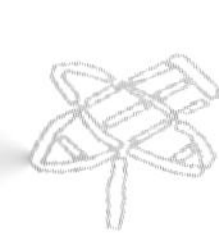
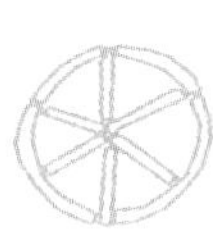

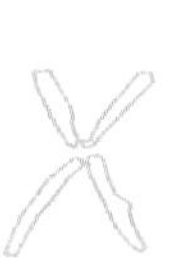

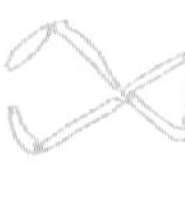
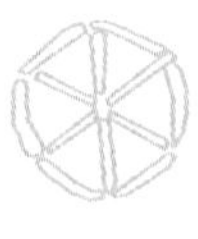

## 4 电报时代 THE AGE OF TELEGRAPHY



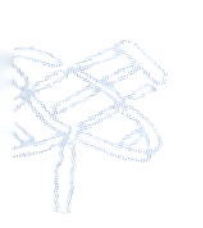

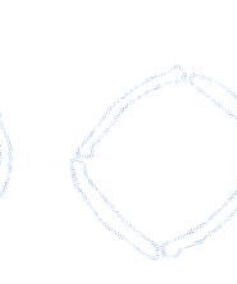

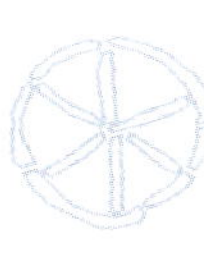

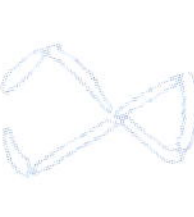

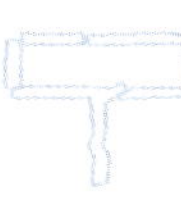

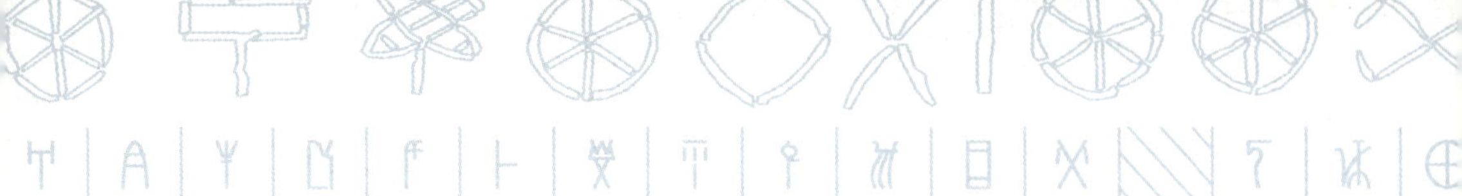





## 5 机械纪元
THE MECHANICAL ERA

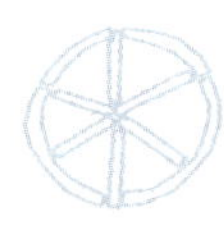

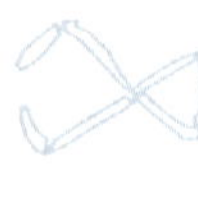
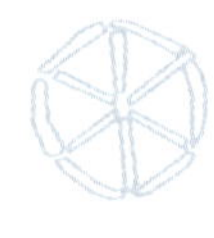

# 6 量子世纪 THE QUANTUM AGE

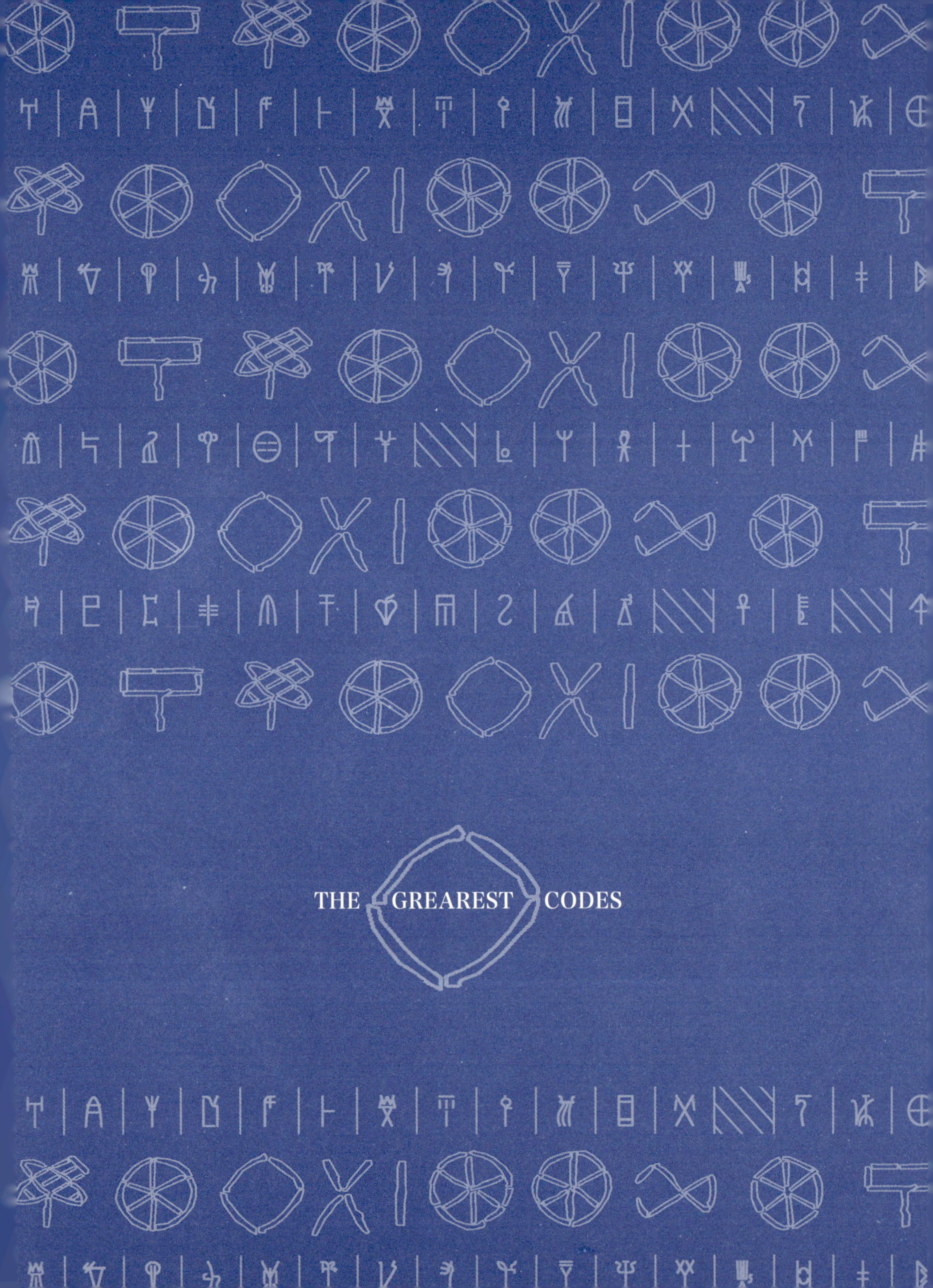
THE GREAREST CODES

# 1 古代密码
# THE ANCIENTS

# 代替密码与置换密码

古代的很多文字早已失传，用这些文字记录的信息也就成了密码。分布在阿富汗、印度一带的印度河文明，其先民创造的文字曾经使用了很多年，其中包含了象征动物以及日常用品的象形文字，然而这些文字所代表的内容至今依然充满争议。发现克里特线形文字的考古学家们也面临着同样的难题。

除了未知语言本身的秘密之外，人们很早就发明了一些通过物理手段来隐藏消息的技术。例如，在古代中国，人们可以把消息写在丝绸上，装进蜡丸，然后让信使把蜡丸吞进肚子里。

古代人所创造的这些密码学手段大部分用于战争，而且它们甚至挑起了另一场新的战争——不是兵器的战争，而是智慧的战争。这是一场密码学家和密码分析学家之间的战争，一场设计密码和破译密码之间的战争。这场战争至今依然打得如火如荼。

## 古老的加密者

代替密码就是按照提前设定好的代替规则将消息中的字母替换成另一

些字母或者符号。古罗马统治者尤利乌斯·恺撒大帝可能是使用代替密码进行通信的最有名的历史人物之一，只要将字母表进行简单的平移就足以隐藏他发给支持者们的消息。

另一种密码学方法是改变消息中字母的位置，而不是将它们替换成别的字母，这种方法称为置换密码。斯巴达将军就曾经使用置换密码来隐藏军事消息。本章介绍的大部分密码都属于代替密码，和代替密码不同的是，置换密码不会对字母进行替换,而是将它们的位置打乱。易位构词游戏[①]就是一种简单的置换密码，只不过要想用置换密码来发送消息，这个打乱的过程必须遵循一些事先制定好的规则。比如说，“no attack on Monday（星期一不要进攻）”和“attack noon Monday（星期一中午进攻）”，这两句话包含完全相同的字母，意思却大相径庭。

和代替密码相比，置换密码的最大优势在于它无法使用频率分析法（见第 30 ~ 35 页）来破译。频率分析法只能告诉我们出现频率最高的字母是什么，比如说是字母 V，那我们就可以推测这个字母是用来替换字母 E 的，但频率分析法不能告诉我们字母应该以怎样的顺序排列。

## 密码棒

有记录以来的对置换密码的最早应用是密码棒，这是一种像棍子一样的东西。在古罗马时期，斯巴达人曾经使用过这种密码棒。密码棒由两根长度

①一种将组成一个词或短句的英文字母的顺序打乱后重新拼成另一个词或短句的游戏。——译者注

和厚度十分接近的木棒组成，消息的发送者有一根，另一根则交给其通信的对象。发送消息时，发送者将长条形的羊皮纸紧紧卷在木棒上，然后在卷好的羊皮纸上写下消息。当羊皮纸从木棒上取下之后，上面只能看到一串杂乱无章的字母。消息的接收者可以将羊皮纸卷在自己手里的那根木棒上，这样就可以读出原来的消息了。

密码棒的示意图。古罗马时期的斯巴达人使用过这种密码棒，只有使用特定尺寸的木棒才能横向读出原始消息。

## 使用这种密码

使用列置换密码时，首先需要将明文消息写在宽度固定的表格里，然后再改变这些列的排列顺序。列的数量取决于事先选定的一个口令词的长度，而置换的顺序则取决于这个口令词中的字母顺序。

举个例子，比如发送者选定了一个口令词 liberty，然后将这个口令词写在表格的顶部，并在口令词下面按照字母表的顺序给每个字母编号。例如在这个单词中，字母 b 是字母表中位置最靠前的，因此 b 列就是第一列；接下来一个字母是 e，因此 e 列就是第二列；以此类推。接下来，发送者将消息写在口令词的下面，到最后一行如果有空白，可以用一些随机的字母进行填充。

上面这张表中的明文是“I will meet you at the corner at twelve（12 点街角见）”，当还原出明文之后，末尾填充的字母可以很容易地辨别并舍弃。

| L | I | B | E | R | T | Y |
|---|---|---|---|---|---|---|
| 4 | 3 | 1 | 2 | 5 | 6 | 7 |
| i | w | i | l | l | m | e |
| e | t | y | o | u | a | t |
| t | h | e | c | o | r | n |
| e | r | a | t | t | w | e |
| l | v | e | w | x | y | q |

接下来，将表格中的列按照口令词的字母编号顺序重新排列。换位之后，将每列字母按从上到下的顺序写下来，就得到了密文：IYEAELOCTWWTHRVIETELLUOTXMARWYETNEQ。发送者只要用其他方式告知接收者他所使用的口令词，接收者就可以复原出原始的表格。

| B | E | I | L | R | T | Y |
|---|---|---|---|---|---|---|
| 1 | 2 | 3 | 4 | 5 | 6 | 7 |
| i | l | w | i | l | m | e |
| y | o | t | e | u | a | t |
| e | c | h | t | o | r | n |
| a | t | r | e | t | w | e |
| e | w | v | l | x | y | q |

还有一种栅栏密码，是将明文消息按锯齿形的顺序写在一个假想的栅栏里，如下图所示。

| g | | | | h | | | | d | | | | i | | | | b | | |
|---|---|---|---|---|---|---|---|---|---|---|---|---|---|---|---|---|---|---|
| | o | | o | | q | | n | | d | | l | | v | | r | | a | |
| | | t | | | | a | | | | e | | | | e | | | | g |

然后，将每行字母横向写出来就得到了密文：

GHDIBOOQNDLVRATAEEG。接收者只要知道栅栏的行数就可以解密消息。

## 印度河文字

**这是一种来自亚洲的铭文，有4000多年的历史。人们进行了各种尝试，至今无法解读它的含义，但现在我们发现了一些可喜的线索，这些文字似乎是可以被破译的。**

印度河文明存在于公元前2350年到公元前1750年间的一片广大地域，包括现在阿富汗、巴基斯坦和印度的部分地区等，人口大约500万。关于这一青铜时代的古老文明是否拥有自己的文字，历史学家和考古学家依然没有统一的答案，而争论的焦点就是我们提到的印度河文字。

这是一块典型的青铜时代的独角兽石刻印章，上方的印度河文字所代表的含义至今无法破译。

印度河文字大多是在石刻上发现的。1875 年，印度考古勘探组织的考古学家亚历山大·坎宁安爵士公布了在巴基斯坦哈拉帕出土的一块石刻印章。此后，人们发现了数以千计的石刻、石板，以及带有雕刻图案的罐子，它们都包含一些简单的符号和图形。

## 了解这种密码

目前发现的铭文中可见的文字符号有 400 多个，还有很多种不同的变体。根据这一数据，学者们认为印度河文字中的字符所代表的是单词和符号的混合体。这些字符不大可能代表一个个单独的字母，因为和其他文字，比如拉丁文相比，它的字符数量太多了。另外，这些字符也不大可能代表单词或概念，因为和拥有超过 10 万种象形和表意字符的繁体中文相比，它的字符数量又太少了。所有的铭文都很短，大多数只有几个字符的长度，至多不超过 20 个字符，这让学者们相信这些文字大多记录的是人名、头衔，可能还有家庭关系。

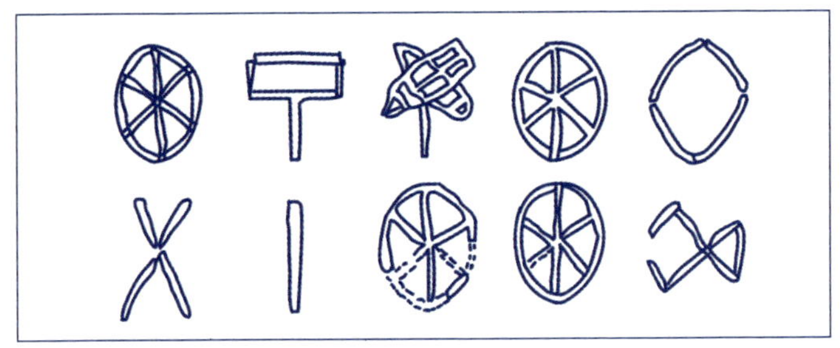

在印度西部发现的印度河铭文中的字符。大量的符号让学者们得出如下结论：它们代表的是人名、头衔或家庭关系，而不是字母。

“画谜[①]原则”是破解未知文字的一个切入点，即符号可以用来表示同音词（发音相同但意思不同的单词，比如英语中的 bear 和 bare）。在印度河文字中，“鱼”就是这样一种能表示同音词的符号。在德拉威语系中，表示“鱼”的单词和表示“星星”的单词是同音词。表示“鱼”的符号后面经常伴有一个表示数字的符号，因此有些人认为，这样的组合指的是一个星团（一组明亮的星星），比如“鱼”加上数字 6 代表昴星团，因为在古代泰米尔语中，昴星团的意思就是六颗星星。

①一种用图画来表示同音词的游戏，比如画一个眼睛（eye），实际上代表的是“我（I）”。——译者注

# 历史上的密码破译者：科伯、文特里斯和查德威克

20世纪初，考古学家在克诺索斯宫殿发现了一些刻有神秘文字的石板，其中一种神秘文字花了50年才被破解，而另一种至今依然是个谜。

克里特岛上的克诺索斯宫殿是20世纪最伟大的考古学发现之一。它的建筑结构十分复杂，传说中牛头人身的怪兽弥诺陶洛斯就住在这里。除此之外，这一遗迹中还埋藏了一些其他秘密。克诺索斯宫殿的发掘者英国考古学家阿瑟·伊文思发现了上千块石板，上面刻有两种不同的线形文字。他将它们命名为线形文字A和线形文字B（“线形”表示这两种文字是由线条构成的，以区别于那些更具象化的象形文字）。

在克诺索斯宫殿发现的石板，结合其他地区的一些发现，表明线形文字A在米诺斯文明的中晚期曾经盛行于克里特岛的中部和东部地区，可能还包括更广大的爱琴海地区。

公元前15世纪末到公元前14世纪初，线形文字A销声匿迹，线形文字B取而代之成为主流。然而，线形文字B并不是单纯地由线形文字A发展而来。伊文思认为，线形文字B的石刻数量要远远多于线形文字A，其中一大部分应该是交易记录，比如账户和库存。

线形文字B包含将近200种不同的符号，其中90种是音节符号，剩下的100多种是表意符号。这些表意符号可以表示各种事物，例如车轮、武器和驯化的动物。

纽约城市大学的助理教授爱丽丝·科伯破解了线形文字B的部分秘密。通过对各种符号的出现频率进行分析，她建立了一个包含超过18万张索引卡片的数据库。她据此得出结论，无论这种文字代表什么语言，它一定是一种屈折语，即该语言中单词的词尾会根据性、数、格发生变化。

遗憾的是，科伯于1950年去世，她没能亲眼看到迈克尔·文特里斯和约翰·查德威克在2年后完全破解了线形文字B的秘密。通过研究这些符号的规律，他们发现线形文字B所代表的就是迈锡尼希腊语，这与伊文思之前的猜测完全不同。文特里斯和查德威克对词尾的频率进行了统计，并据此推测每个符号所代表的音节。他们首先发现了代表词尾-u的音节，在此基础上，他们又将更多的希腊语音节进行关联，看看这些铭文是否能够拼写出可以辨认的希腊语单词。

根据他们总结出的规律，人们可以从线形文字B的铭文中辨认出一些与克里特和克诺索斯有关的地名，以及其他一些可以明确认定来源于希腊语的单词。这是一个重要的发现，它不仅将希腊语的书写历史向前推了几百年，而且还揭示了当时在克里特岛上存在希腊文化。这意味着他们受到希腊本土的控制。

尽管线形文字A和B包含一些相同的符号，但使用文特里斯的音节置换法，并不能在线形文字A中解读出可辨认的单词。到目前为止，我们还无法断定线形文字 A 是否与某种已知的语言相关。

克里特岛的克诺索斯宫殿中发现的线形文字A的部分符号，至今仍无法解读。

## 费斯托斯圆盘

**费斯托斯圆盘是 100 多年前发现的，但圆盘上铭文的内容引发了激烈的争论。**

1908 年 7 月 3 日，来自意大利的考古学家路易吉·佩尔尼耶正在克里特岛南部的费斯托斯的米诺斯宫殿的地下室进行挖掘。在挖掘过程中，佩尔尼耶发现了一块直径约 15 厘米的小泥盘，两面都刻有未知的符号。这些符号从边缘到中心呈螺旋状排列。

根据当时的挖掘环境，佩尔尼耶认为这块圆盘是米诺斯文明中期的文物，年代大约在公元前 1850 至公元前 1600 年之间，而其他一些学者则认为它的年代应该再晚几百年。尤其值得注意的是，这些符号是用事先制作的字模印上去的，而不是直接雕刻上去的。当时的人们可能是用字模将符号印在软的黏土上，然后通过烧制使它硬化。这种方法在同时期的其他地方都未曾发现。

## 了解这种密码

费斯托斯圆盘总共包含 241 个符号，这些符号共有 45 种，它们都是象形符号，分别代表女人、孩子、武器、鸟、植物等不同的对象。这些符号十分独特，细节生动，它们被竖线分割成若干组，一些人认为这代表单词之间的分界线。圆盘上还有一些手工雕刻的斜线，它们可能代表一个段落的结束。

大多数学者认为，圆盘两面的文字都是从外到内印上去的，因为位于中心的一些文字看起来难以辨认。

尽管有些人声称他们成功解读了费斯托斯圆盘上的文字，但由于圆盘上的文字很短，而且没有其他使用相同符号的文字作为参照，因此对于这些文字的真实含义，恐怕难有定论。一些专业和业余的学者都认为，圆盘上的内容是一种天文历法。还有人对这些符号进行了频率分析（第 30 ~ 35 页），并与古希腊语、拉脱维亚语和立陶宛语的文字频率分布进行了对比，指出圆盘上的文字是对两个几何公理的数学证明。这一证明一般认为是由欧几里得

费斯托斯圆盘被收藏在克里特岛的伊拉克利翁考古学博物馆中。圆盘上的内容在学界引发了争论，有一种观点认为其内容是一种历法。

做出的。

对于圆盘上符号的语言学起源，学者们提出了多种假说，包括古爱沙尼亚、土耳其甚至是印度。有些学者则认为这些文字的起源更加本土化，可能源自希腊，更有可能源自克里特当地。不过，很多学者不认同克里特起源说，他们指出圆盘和岛上发现的其他文物并不相似，而且上面的符号也和已知的克里特表意符号缺乏相似性。

前哥伦布时期的历史研究者迈克尔·科博士曾建议用热释光技术来确定圆盘的年代。在结果出来之前，关于圆盘上文字的假说恐怕还将层出不穷。

## 阿特巴希密码

**阿特巴希密码是一种单表代替密码，一些学者认为这种密码可以解释《圣经》中出现的一些不寻常的地名。**

《耶利米书》中说："北方诸王，以及天下地上的万国诸王都喝了，以后示沙克王也要喝。"

这段话说的是先知耶利米被派往各个国家，让各国国王喝下神的愤怒之酒，以预示灾难的降临。在之前的段落中所提到的国王、人民和地点，都已经被《圣经》的研究者所熟知，唯独示沙克不知道指的是哪里，也许

它并不是一个真实的地名。

有人认为希伯来人在编写这部分内容时，使用了一种被称为阿特巴希密码的手法隐藏了这个城市本来的名字——巴比伦。在《耶利米书》的其他段落，还提到了一个叫立加米的地方，一些学者认为这也是巴比伦的一种密文形式。不过，这真的是一种密码吗？还是一种一厢情愿的猜测呢？一些专家指出，《耶利米书》的其他地方已经出现过“巴比伦”这个名字，显然这意味着并没有什么理由非要在这里隐藏它。

尽管如此，阿特巴希密码依然是一个有趣的系统，值得密码学家们研究和学习。如果已经知道一段文字是用阿特巴希密码加密的，那么只要把加密的方法反过来用就可以将消息解密。如果不知道这段消息是如何加密的，破译者就需要对每一个字母进行频率分析（见第 30 ~ 35 页）。如果消息比较长，还可以对双字母和三字母组合进行频率分析（见第 57 ~ 60 页）。

中世纪时期描绘巴比伦国王宁录以及巴别塔的作品。由于《圣经》中出现了一些无法辨认的地名，一些学者认为希伯来人使用了一种密码来隐藏巴比伦和巴别塔的名字。

### 使用这种密码

阿特巴希密码是一种简单的单表代替密码，它的加密方法是将字母表中的第一个字母替换成最后一个字母，将第二个字母替换成倒数第二个字母，以此类推。在希伯来语中，这相当于将 alef 替换成 tav，将 bet 替换成 shin，而阿特巴希密码的命名正是来自前面这四个字母的读音 A–T–B–SH。

阿特巴希密码可以用于任何语言。对于拉丁字母表，我们可以得到下面的置换规则：

| 明文 | a | b | c | d | e | f | g | h | i | j | k | l | m | n | o | p | q | r | s | t | u | v | w | x | y | z |
|---|---|---|---|---|---|---|---|---|---|---|---|---|---|---|---|---|---|---|---|---|---|---|---|---|---|---|
| 密文 | Z | Y | X | W | V | U | T | S | R | Q | P | O | N | M | L | K | J | I | H | G | F | E | D | C | B | A |

这张表也可以缩减成如下形式，上下一对字母可作为明文和密文相互替换。

| a | b | c | d | e | f | g | h | i | j | k | l | m |
|---|---|---|---|---|---|---|---|---|---|---|---|---|
| z | y | x | w | v | u | t | s | r | q | p | o | n |

## 波利比乌斯方表

通过历史学家波利比乌斯的记述，我们对古希腊人的生活有了许多了解。从他的希腊历史中，我们还发现了一种古老的加密方法。

公元前 1 世纪，罗马帝国崛起，成为世界强国，统治整个地中海地区。我们之所以能够了解这段历史，应该归功于古希腊历史学家波利比乌斯以及他所编著的希腊历史。这部史书的名字很简单，就叫《历史》[①]。

在《历史》中，波利比乌斯介绍了一种用于加密的方法。尽管波利比乌斯本人指明这种方法并不是他发明的，但后来人们还是称之为波利比乌斯方表。

## 使用这种密码

这种方法是将字母表中的字母每 5 个划分为一组。希腊字母表包含 24 个字母，因此可以划分成 5 组（4 组 5 个字母和 1 组 4 个字母），然后将每一组字母分别写在带有编号的板上。

| | 1 | 2 | 3 | 4 | 5 |
|---|---|---|---|---|---|
| 1 | Α | Β | Γ | Δ | Ε |
| 2 | Ζ | Η | Θ | Ι | Κ |
| 3 | Λ | Μ | Ν | Ξ | Ο |
| 4 | Π | Π | Σ | Τ | Ψ |
| 5 | Φ | Ξ | Ψ | Ω | |

需要进行远距离通信的双方需要各自准备以下物品：带有编号的字母板、双筒望远镜（尽管波利比乌斯本人没有这种奢侈品）、10 支火把，以

①波利比乌斯的《历史》和之前提到的希罗多德的《历史》是两部不同的史书。——译者注

及一对屏障。根据波利比乌斯的记载：

“要发送信号的一方首先举起两支火把，并等待对方也举起两支火把，这个过程可以确保双方都进入通信状态。放下火把之后，发送方会在左侧举起第一组火把，火把的数量代表字母板上的编号，比如一支火把代表第一组字母板，两支火把代表第二组字母板，以此类推。接下来，发送方会在右侧举起第二组火把，按照同样的原则，火把的数量代表字母板上的第几个字母。接收方按照这些信息写下相应的字母。”

这个系统很容易出错，因为接收方可能会数错火把的数量（屏障是为了遮蔽未使用的火把），而一个错误的信号就会毁掉整个系统。此外，这个系统还特别费时。

| | 1 | 2 | 3 | 4 | 5 |
|---|---|---|---|---|---|
| 1 | a | b | c | d | e |
| 2 | f | g | h | i/j | k |
| 3 | l | m | n | o | p |
| 4 | q | r | s | t | u |
| 5 | v | w | x | y | z |

波利比乌斯指出传递的消息应该尽量简略。为了使用方便，我们通常将几块字母板合并成一张加密表，这张表被称为波利比乌斯方表。上面这张表就是一个以拉丁字母表为基础的加密系统。需要注意的是，当用于拉丁字母表时，i 和 j 通常被合并在一个格子里相互通用，一般来说不会影响对消息的理解。现在假设我们要加密下面这句话：“enemies at the gate（敌人在大门口）”。你需要在表中查找每个字母的位置，然后写下它们的行列编号。你可以用火把信号来传递这段消息，也可以把它写成一串数字：

15331532241543114444231522114415。接收者可以以两个数字为一组，用相同的表格来还原出明文。

## 恺撒密码

**这是一种通过将字母表平移一个或多个位置构成的简单密码，它的名字来自古罗马统治者尤利乌斯·恺撒。**

恺撒密码是一种简单的代替密码，即明文消息中的每一个字母都会被替换成密文字母表中的相应字母。

尽管恺撒密码不一定是恺撒大帝本人发明的，却是与恺撒大帝密切相关的。苏维托尼乌斯编写的《罗马十二帝王传》中有这样一段：

“保存下来的还有（恺撒）致西塞罗的书信和致友人的谈家务的书信。如果需要保密，信中便用暗号，也就是改变字母顺序，使局外人无法组成一个单词。如果要想读懂和了解它们的意思，得用第四个字母置换第一个字母，即以 D 代 A，依此类推。”①

①摘自《罗马十二帝王传》中译本，张竹明、王乃新、蒋平等译，商务印书馆 2017 年版。——译者注

破译恺撒密码的难度取决于你所掌握的信息。如果你知道一段文字是用恺撒密码加密的，那么你可以使用“蛮力”来破译密文。你只需要尝试所有可能的平移位数（见下文），就可以得到正确的消息。如果你不知道一段文字是用恺撒密码加密的，那么你可以使用频率分析法（见第30～35页）。

古罗马帝王尤利乌斯·恺撒半身像的手绘复制品，恺撒密码就是以他的名字命名的。

## 使用这种该密码

使用恺撒密码只需要写出两张字母表，一张是明文字母表，另一张是将明文字母表平移若干位得到的密文字母表。苏维托尼乌斯在恺撒的传记中所描述的情况应该是这样的：

| 明文 | a | b | c | d | e | f | g | h | i | j | k | l | m | n | o | p | q | r | s | t | u | v | w | x | y | z |
|---|---|---|---|---|---|---|---|---|---|---|---|---|---|---|---|---|---|---|---|---|---|---|---|---|---|---|
| 密文 | D | E | F | G | H | I | J | K | L | M | N | O | P | Q | R | S | T | U | V | W | X | Y | Z | A | B | C |

加密消息非常简单，只需要将上面一行中的字母替换成下面一行中的字母即可。例如，“beware the ides of March（3月15日要当心[1]）”加密之

①公元前44年3月15日是恺撒大帝的殉难日。——译者注

后就是“EHZDUH WKH LGHV RI PDUFK”。

恺撒的通信对象只需要知道字母表平移的位数就可以还原出原始消息。这种变换被称为ROTN，其中N代表字母表平移的位数，比如恺撒所使用的3位平移就是ROT3变换。

在今天看来，这种密码非常简单，甚至很多小孩子第一次接触的密码就是这种。然而，在古罗马时期，恺撒的消息加密之后在别人看来就是一堆莫名其妙的字母，因此他能够安全地将自己内心的想法传达给西塞罗。

THE GREAREST CODES

# 2 智慧之子

# THE SONS OF WISDOM

# 黑暗时代的曙光

从罗马帝国衰落到文艺复兴，这一段历史留下的文字资料十分匮乏，人们通常称之为“黑暗时代”。这个名字多少带有一些贬义色彩。不过随着历史学家对这段历史的研究不断深入，“黑暗时代”这一称呼已经很少被使用了。加密和破译的技术在这个时代得到了进一步发展，这也许应该归功于当时欧洲持续不断的纷争。

在爱尔兰，人们当时已经在使用一种被称为“欧甘文字”的秘密字母表来隐藏消息内容，防止被侵略者发觉。欧甘文字出现在整个爱尔兰以及不列颠部分地区的石碑上，这些文字和维京人在欧洲扩张时使用的卢恩字母类似。而在其他地区，对信息保密的技术则大同小异，比如使用隐写术来隐藏消息，以及使用像恺撒密码（见第 26 页）那样的单表代替密码。

## 频率分析

很多早期的密码，比如恺撒密码，在今天看来都是十分容易破译的，但在不知道使用了何种加密手段的情况下，这些密码还是在公元后几个世纪里困扰着密码破译者们。

事实上，大约在尤利乌斯·恺撒时代的900年之后，才有人发现了破解这种简单代替密码的方法。发现这一方法的是阿拉伯哲学家肯迪。

在肯迪的手稿《解码手册》中，他阐述了一种基于语言中各个字母的相对出现频率来破译密码的方法。肯迪说，只有智慧之子才能理解这一方法，世俗之人是无从知晓的。肯迪的这一方法现在被称为频率分析法，这可能是人类有史以来发明的最强大的密码破译技术。

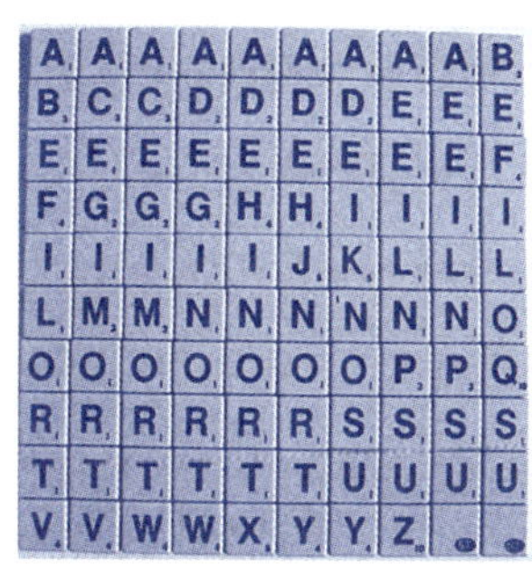


这是一套完整的英语字母拼字积木，每种字母的块数反映了该字母在该语言中的出现频率。

如果你见过字母拼字积木，就能够理解频率分析法的基本原理。上图中展示了一套拼字积木，每一块积木的右下角标有该字母所对应的分数。我们很容易就可以发现，字母E的个数比其他任何字母都要多，而且每个

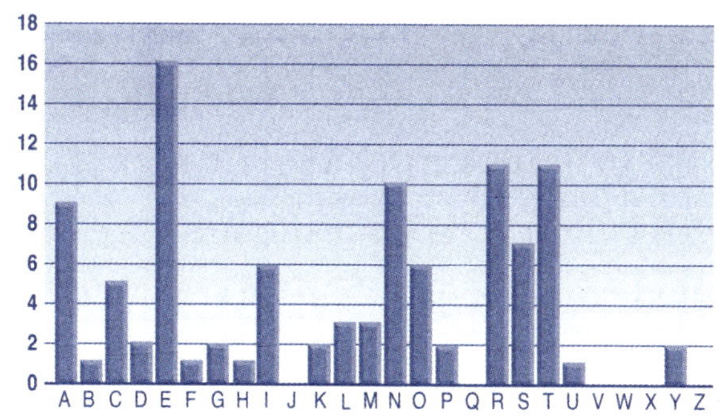


康奈尔大学发表的英语字母频率表。

字母 E 只能得 1 分；相对地，字母 Z 只有一个，却可以得 10 分。拼字积木之所以会这样设计，就是因为 E 是英语中最常见的字母，而 Z 则是最不常见的字母之一。

康奈尔大学曾经对 4 万个英语单词进行了统计，并总结出了字母的频率分布，如上页图所示。统计发现，字母 E 是英语中最常见的字母，而且出现频率要远远高于其他字母。那么，密码破译者要如何利用这一规律呢？假设我们要破译下面这段密文：

DOO KXPDQ EHLQJV DUH ERUQ IUHH DQG HTXDO LQ CLJQLWB DQG ULJKWV.WKHB DUH HQGRZHG ZLWK UHDVRQ DQC FRQVFLHQFH DQG VKRXOG DFW WRZDUGV RQH DQRWKHU LQ D VSLULW RI EURWKHUKRRG. HYHUBRQH LV HQWLWOHG WR DOO WKH ULJKWV DQG IUHHGRPV VHW IRUWK LQ WKLV GHFODUDWLRQ, ZLWKRXW GLVWLQFWLRQ RI D NLQG, VXFK DV UDFH, FRORXU,VHA, ODQJXDJH, UHOLJLRQ, SROLWLFDO RU RWKHU RSLQLRQ, QDWLRQDO RU VRFLDO RULJLQ, SURSHUWB, ELUWK RU RWKHU VWDWXV. IXUWKHUPRUH,QR GLVWLQFWLRQ VKD0O EH PDGH RQ WKH EDVLV RI WKH SROLWLFDO,MXULVGLFWLRQDO RU LQWHUQDWLRQDO VWDWXV RI WKH FRXQWUB RUWHUULWRUB WR ZKLFK D SHUVRQ EHORQJV, ZKHWKHU LW EH LQGHSHQGHQW,WUXVW, QRQ–VHOI–JRYHUQLQJ RU XQGHU DQB RWKHU OLPLWDWLRQ RI VRYHUHLJQWB. HYHUBRQH KDV WKH ULJKW WR OLIH, OLEHUWB

DQG WKH VHFXULWB RI SHUVRQ. QR RQH VKDOO EH KHOG LQ VODYHUB RU VHUYLWXGH;VODYHUB DQG WKH VODYH WUDGH VKDOO EH SURKLELWHG LQ DOO WKHLU IRUPV. QR RQH VKDOO EH VXEMHFWHG WR WRUWXUH RU WR FUXHO,LQKXPDQ RU GHJUDGLQJ WUHDWPHQW RU SXQLVKPHQW. HYHUBRQH KDV WKH ULJKW WR UHFRJQLWLRQ HYHUBZKHUH DV D SHUVRQ EHIRUH WKH ODZ.Doo DUH HTXDO EHIRUH WKH ODZ DQG DUH HQWLWOHG ZLWKRXW DQB GLVFULPLQDWLRQ WR HTXDO SURWHFWLRQ RI WKH ODZ.

破译的方法就是统计这段密文中每个字母出现的次数，然后画成一张类似下页中的图表。由于字母 E 出现的频率要远高于其他字母，因此我们基本可以肯定，密文中的字母 H 就代表明文字母 E，而事实上也正是如此。

如果我们知道这段密文是用恺撒密码加密的，那么剩下的工作就很简单了。E 加密之后变成了 H，那么这显然是一个 ROT3 变换，我们只要参考第 26 页中加密“beware the ides of March（3 月 15 日要当心）”这句话时所使用的对照表，就可以得出明文的第一句话是：“All human beings are born free and equal in dignity and rights.（人人生而自由，在尊严和权利上一律平等。）”因此这段密文是联合国《世界人权宣言》的一段节选。

频率分析法对于破译其他一些密码也非常有效。在恺撒密码中，找到字母 E 就意味着破解了整个系统，但还有一些更复杂的代替密码，它们并不是对字母表进行简单的平移。对于这样的密码，频率分析法也可以用来找到其他字母的置换规则。

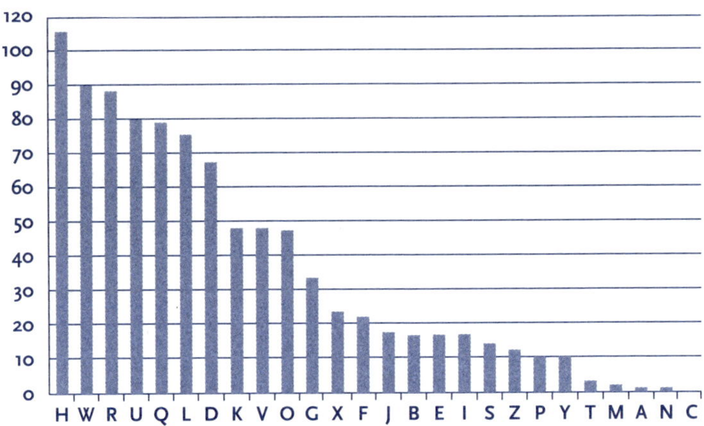


分析表明，这段密文对字母的使用频率有明显的偏向性，密码破译者可以据此猜测密文字母与明文拉丁字母之间的对应关系。

再看一遍例子中的频率分布图，我们可以发现 H 之后出现频率最高的字母分别是 W、R、U、Q、L、D、K、V、O、G。在康奈尔大学的统计中，E 之后出现频率最高的字母分别是 R、T、N、A、S、I、O、C、L、M（分别对应 ROT3 恺撒密码的字母 U、W、Q、D、V、L、R、F、O、P）。尽管它们的对应关系并不能精确吻合，但我们可以根据这些线索，尝试将这些明文字母放到密文中去，看看是否能够拼出一些常见的单词。

值得注意的是，上面的分析过程只适用于英语，因为每种语言的字母频率分布都不同。这意味着你在使用频率分析法之前，必须事先知道或者猜测明文所使用的语言。这一点在拼字积木中也能体现出来，每种语言版本的拼字积木，字母的分布和相应的分数都是不同的。

## 欧甘文字

**这种神秘的文字出现在爱尔兰海一带的石碑上，最早可以追溯到公元 4 世纪。**

在零散分布于爱尔兰、威尔士、苏格兰，以及英格兰部分地区的多座石碑的角上，都刻有一组类似的标记。这些带标记的石碑大多是在 5 世纪到 6 世纪之间被凿刻的，也有一些石碑的年代更为古老。在一些石碑上，这种标记看起来只是随机的凿刻，但在另一些石碑上，我们可以明显地看出，这种标记代表一种字母体系，我们现在称之为欧甘文字。

欧甘文字的起源目前还不清楚。一些学者认为，欧甘文字是由讲爱尔兰语的人发明的，目的是用来隐藏消息的内容，以便让使用拉丁字母的侵略者无法看懂。另一些学者则认为，是爱尔兰的一些早期基督徒发明了这种文字，用来书写原始爱尔兰语。我们了解的关于欧甘字母的知识，大多来源于 14 世纪时一部叫作《巴利莫特书》的抄本，其中收集了很多早期文字的作品。《巴利莫特书》中的一篇作品详细描述了几种不同版本的欧甘字母：

“（欧甘文字的）字母有以下几种：直线右侧、直线左侧、横穿直线、斜穿直线、围绕直线。（阅读欧甘字母）就像爬树，站在树的根部，先伸出右手，再伸出左手，然后沿着树干，倚靠它，穿过它，围绕它。”

《巴利莫特书》无疑是破解欧甘文字之谜的关键，它为我们解释了欧甘字母与拉丁字母之间的关系。大部分欧甘文字都是人物的名字和描述，这意味着这些石碑可能是墓碑或者代表领地边界的界碑。

## 使用这种密码

欧甘字母共有 20 个，分为 4 组，每组 5 个字母。除此之外，还有 5 个附加的符号，用来表示双元音，如“ea”和“ae”。

欧甘字母在书写时，笔画需要以一条直线（也就是“树干”）为基准。在石碑上，这条直线本身是不刻出来的，而是利用石碑的角和边沿。需要注意的是，石碑上的欧甘铭文要从右边开始读，由下至上，穿过顶部到左边之后再往下。在抄本中，它也是从右往左读的。

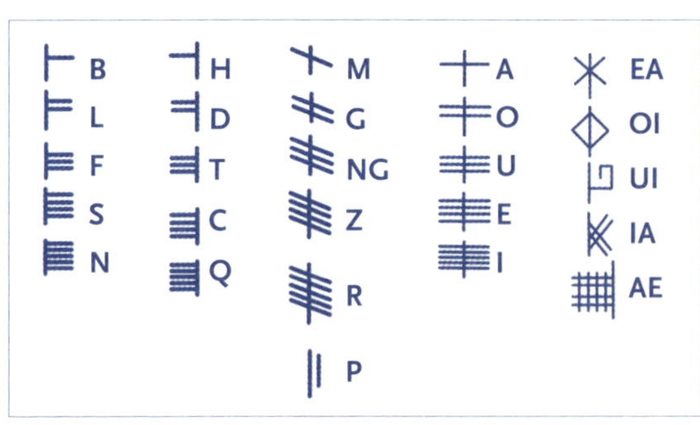


欧甘字母及其相对应的拉丁字母。

# 历史上的密码破译者：约纳斯·诺德比

在公元的第一个千年中，北欧的日耳曼民族曾使用过一种与今天主流的拉丁字母完全不同的文字，称为卢恩文字。和相对应的拉丁字母相比，卢恩字母的外形更加锐利和修长。维京人非常喜欢使用密码来隐藏消息，他们会使用各种符号来替代卢恩字母，这些符号包括帐篷、带树枝的树，甚至是胡子。

1955 年，挪威卑尔根市出土了 600 多根刻有卢恩文字的木棒。这一重大考古发现与解读卢恩文字密切相关，它揭示了卢恩文字并不仅在特定场合使用，而是一种被广泛使用的书写体系。这些木棒上记载了人名、商业联络和一些私人消息——有些言辞还很粗鲁。这些木棒还包含一种当时未知的加密方法，被命名为约顿维拉密码或者古代北欧密码。

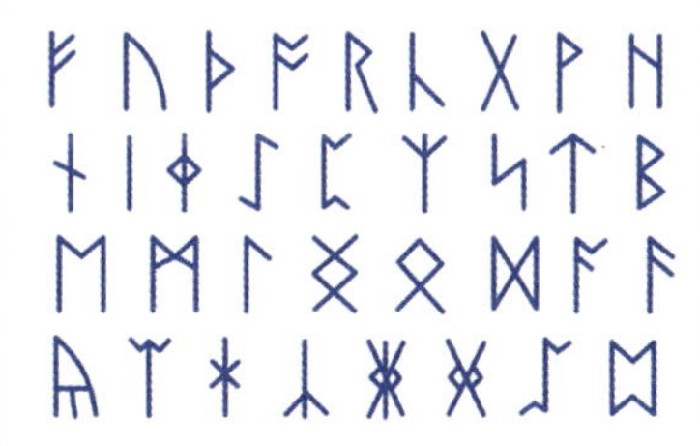

盎格鲁－撒克逊卢恩文字的示例。卢恩文字是公元的第一个千年中北欧地区常用的一种书写系统。

很多约顿维拉密码都使用了完全不同的符号，但它们加密信息的基本方法是相同的，即将卢恩字母分为三组。下图展示的就是一种用树和树枝等符号构成的密码，其中左侧的枝和根代表字母位于哪一组，而右侧的枝和根则代表该组中的第几个字母。

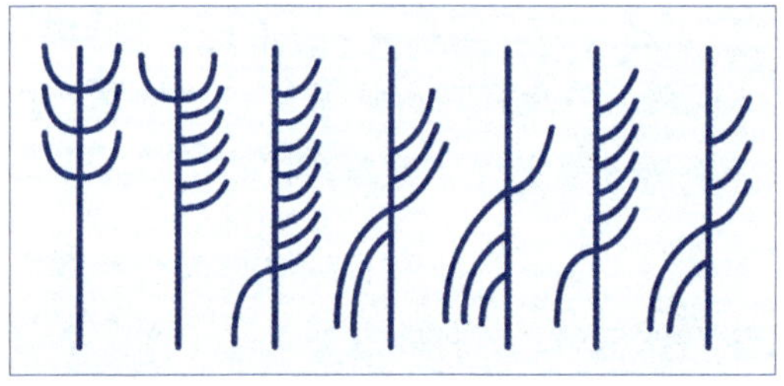

约顿维拉密码中所使用的部分符号。1955 年，挪威卑尔根市出土了600多根刻有这种符号的木棒。

约顿维拉密码是由卢恩文字学家 K. 约纳斯·诺德比于 2014 年初在挪威奥斯陆大学攻读博士学位期间完成破译的。他完成破译的关键是发现了一根来自卑尔根遗迹中的特殊木棒，这根木棒上同时刻有卢恩文字和这种神秘的密码。就像学者们用著名的罗塞塔石碑来解读古埃及象形文字一样，诺德比正是使用这根木棒上的卢恩文字来解读约顿维拉密码的，他知道这些密文应该表示的是北欧神话中的人物 Sigurd 和 Lavrans。终于，诺德比发现，在约顿维拉密码中，每一个卢恩字母被替换成了这个字母的卢恩全名的最后一个字母，比如卢恩字母 b 的全名为 bjarkan，于是这个字母就被替换成了卢恩字母 n。

下面这张表展示了明文字母和密文字母之间的对应关系。值得注意的是，若干不同的卢恩字母会被加密成同一个字母，这正是这种密码难以破译的原因。

| 明 文 | f | u | p | o | r | k | h | n | i | a | s | t | b | m | l | y |
|---|---|---|---|---|---|---|---|---|---|---|---|---|---|---|---|---|
| 卢恩字母全名 | fé | úr | purs | óss | reiõ | kaun | hagal | nauõ | íss | ár | sól | t r | bjarkan | maõr | logr | r |
| 约顿维拉密码 | e | r | s | s | p | n | l | p | s | r | l | r | n | r | r | r |

K. 约纳斯 · 诺德比 2014 年破译约顿维拉密码时使用的字母表，他成功的关键是发现了卑尔根遗迹中的一根特殊的木棒。

# 朗格朗格密码

**复活节岛石像，又称摩艾石像，并不是这座偏远小岛上唯一的未解之谜。岛上还发现了一些小木板，上面刻有一些代表植物和动物的符号，但没有人能够解读它们的含义。**

复活节岛位置偏僻，距离太平洋上最近的一座有人岛屿也有3000多千米。这座岛上光秃秃的没什么植被，但它曾经应该不是这个样子。人们发现，复活节岛上原生的树木都被砍伐掉了，使这座岛变成了一片荒芜之地。要解开这些谜团，我们需要解读岛上发现的木板上刻着的成千上万个格式化的符号。这些符号包括鸟、海龟、人和植物，木板的年代为复活节岛文明所处的13世纪到17世纪之间。

1864年，欧仁·埃洛神父来到复活节岛向当地居民传播天主教，他发现了一些“刻有几种象形文字的木板和木棒”。4年后，塔希提主教特帕诺·若桑收到了一份来自已加入天主教的岛民的礼物——缠着一缕头发的木板。主教意识到此物的重要性，于是他让复活节岛的新牧师伊波利特·鲁塞尔神父（埃洛当时已因肺结核去世）寻找更多的木板，并且找找看有没有人能够翻译上面的文字。若桑找到了一个叫米拓罗的劳工，他能够解读部分木板上的文字。接下来，他们花了几年的时间共同收集数据，但遗憾的是，他们最终未能破译这些密码。这种密码后来被命名为朗格朗格，在拉帕努伊语中代表歌唱或者诵读的意思。

在破译朗格朗格密码方面，德国民族学家托马斯·巴特尔于1958年出版了一本关于这种文字的完整字形目录，名为《复活节岛文字破译基础》。

对于朗格朗格密码的解读，巴特尔发现，这种文字中共有超过120种不同的符号，它们有几千种不同的组合，因此它们不大可能代表字母，而更有可能是代表单词或者概念。巴特尔还研究了特帕诺·若桑主教留下的日志，通过这些资料，他辨认出一些木板上的内容是祈祷文。巴特尔成了第一个解读出部分文字含义的人，他正确解读出一块木板上的部分内容为一种月亮历。

复活节岛标志性的摩艾石像，在这座岛上发现了一些13到17世纪之间的木板，上面的文字至今仍无法解读。

1995 年，语言学家史蒂文・菲舍尔声称破译了朗格朗格密码中最有趣的东西——圣地亚哥权杖。这根一米多长的木棒上刻有几千个符号。菲舍尔提出，圣地亚哥权杖上刻的是对创造生命的赞颂，如“A 与 B 交合生下了 C”。其他一些学者则对菲舍尔的结论表示反对，因为这种解释方法会造成其他木板上的文字无法正确解读。

## 使用这种密码

我们今天所知的朗格朗格密码都来自 25 块得以保存至今的木板（其中一些木板的真实性甚至存疑）。在埃洛神父第一次登岛时，木板的数量要多得多，几乎每个小木屋中都有。岛上的居民已经忘记了这些符号的含义，岛上的植被破坏也意味着很多木板被烧毁了。还有一些木板被用来固定钓鱼线，最终遗失了。

朗格朗格密码被认为与拉帕努伊语相关，拉帕努伊语是只有复活节岛原住民才说的一种波利尼西亚语言。25 块现存的木板上共包含几百种不同的动物、植物和人形文字，这些文字是用黑曜石、鲨鱼牙齿或者其他自然物刻在木头上的，这些木板总共包含大约 15000 种可辨认的字形。

朗格朗格密码在书写时采用左右交互的顺序，首先从左下角开始往右读，当读到行尾时，需要将木板转过来，然后再读下一行，一直到木板的最上方。

一块写有复杂的朗格朗格密码的木板，这些符号至今没有被完全破译。

## 伏尼契手稿

**伏尼契手稿是一本看起来十分怪异的书，创作于中世纪时期，于一个世纪之前被发现。这本书中所用的语言至今无人能懂，其中还包含一些不寻常的插图。**

1912 年，意大利弗拉斯卡蒂的耶稣会学院据说由于经费紧张需要紧急变卖一批手稿。一位名叫威尔弗里德·伏尼契的古籍商人购买了其中最不寻常的 30 本手稿。伏尼契认为，根据牛皮纸的材质、笔迹和所使用的颜料判断，这些手稿的年代大约为 13 世纪末，并推测其作者可能是修道士罗杰·培根。作为尝试解读这些手稿的最可信的学者之一，威廉·纽博尔德也认为罗杰·培根是这些手稿的作者。然而，2011 年，亚利桑那大学对部分牛皮纸样本进行了碳素断代测试，结果表明该手稿的年代可以追溯到 15 世纪初，这意味着培根可能并不是手稿的作者。

## 了解这种密码

在伏尼契购得手稿时，这些手稿总共有 240 页，但其中明显有一些页数是缺失的。这些手稿用一种未知的语言书写，包含大约 17 万个符号，这些符号可以归纳成一张包含大约 20 到 30 个字母的字母表，它们的出现频率比较均衡，除此之外还有十几个罕见的字母。几乎每一页手稿上都有一张插图，很多画的是植物标本，还有一些黄道星座和天文学的插图。这些植物标本插图的有趣之处在于，它们都是无法准确辨认的物种。美国植物学家休·奥尼尔曾表示他认为其中一张画的是向日葵,还有一张画的是辣椒。但是这个结论本身就非常有趣，因为如果这些手稿是欧洲人写的，那么它们必定创作于 1493 年哥伦布从美洲带回这些植物之后。有人称，手稿中使用的语言应该是欧洲语言，可能是中世纪拉丁语或者中世纪英语。纽博尔德认为这种语言就是拉丁语，并且手稿中的每两个字母应该对应着拉丁语中的一个字母。纽博尔德在有生之年用他的方法解读了数页手稿，他还通过这些解读的内容指出最早是培根发明了望远镜。

另一些学者则认为伏尼契手稿是一种隐写术，它通过漏格板密码（见第 63 ~ 64 页）的方法把内容给隐藏起来了，只有在上面盖上一张在特定位置镂空的纸板，我们才能看到这些隐藏的内容。还有一些人在努力尝试解读手稿的秘密之后，认为这些手稿只不过是一种恶作剧。

## 使用这种密码

2014 年，英国贝德福德大学的应用语言学教授斯蒂芬·巴克斯采用一种新方法来尝试解读伏尼契手稿。他的方法是尽可能地辨认那些植物标本插图中的植物，然后尝试通过植物名称找到密码字母表的线索。

巴克斯之所以采用这种“原始”的方法，而没有借助先进的计算机技术去挖掘手稿中隐藏的信息，是因为这种方法曾在古埃及象形文字和线形文字 B 的解读中取得过成功。在分析了其他一些中世纪植物学图鉴之后，巴克斯假设插图中的植物名称应该会出现在该页的第一个单词或者第一行。

巴克斯首先尝试用这种方法解读手稿的第 15 页和 16 页。他注意到这两页中出现了一些重复的文字，按照最流行的转写方式应该写成 OROR。巴克斯指出，这可能代表阿拉伯语或希伯来语中的单词 arar，意思是“刺柏”，而这两页中的插图则应该是大果刺柏，这是一种在地中海地区常见的植物。基于他对物种的辨认，巴克斯通过对应的读音又解读出了 9 个单词，并推测出了另外 14 个符号和组合的读音。基于此巴克斯指出，这些辨认出的单词表明，伏尼契手稿并不是一种恶作剧，但也不是一种复杂的密码。他认为，这些手稿是一部探索性的著作，它对自然世界进行了描述，看起来像是一种以跨文化传播信息为目的的手册。

伏尼契手稿的其中一页，这本书发现于1912年，但可能印刷于中世纪时期，目前收藏于耶鲁大学古籍善本图书馆。

## 西多会密码

**中世纪修道士使用这种系统来快速记录数字信息，而不是用来隐藏信息的含义。**

密码并不总是用来隐藏信息的含义，某些密码还可以用来速记。实际上，像皮特曼、Teeline 速记、杜普雷严等速记系统都可以被看作密码系统。一些速记密码系统可以快速书写数字和单词，其中一种早在中世纪时期就已经诞生了。2001 年，作家大卫·A. 金出版了一部名为《修道士的密码》的著作，介绍了当时欧洲所使用的各种密码系统。

根据这部著作的记载，西多会密码是 13 世纪初由贝辛斯托克的修道士约翰传入英格兰的一种比较先进的数字密码，它可以简洁快速地书写数字 1 到 99。

后来该密码又出现了一种改良版本，是由法国和比利时边境上的西多会修道士于 13 世纪末设计的，在接下来的 200 多年里曾在整个欧洲广泛使用。这种密码通常被用来标记手稿的页码、编写目录和清单，现存的 20 多部手稿中都可以找到这种密码的使用痕迹。这些手稿出自欧洲各个国家，从北欧的瑞典到南欧的西班牙都有。此外，在出自法国皮卡第地区的一枚中世纪星盘（一种用于预测行星位置以及根据经度计算当地时间的工具）上也发现了这种密码。

这枚星盘是 1522 年由帕沙修斯・贝尔塞柳斯赠予哈德利亚努斯・阿梅洛迪乌斯的，但其实际制造的年代更早，大约在 13 世纪末。这枚星盘曾于 1991 年在伦敦的佳士得拍卖行公开拍卖，也正是这次拍卖重新唤起了人们对于这种密码的兴趣。

这种密码充当了罗马数字和后来引入的阿拉伯数字之间的过渡角色，但它似乎没有被用于计算，这可能也是它最终走向消亡的原因。尽管这种密码现在已经不再使用，但它曾经的影响力还是不容小觑的。

大卫・金在他的著作中说："这种出自修道院的密码在数字和字母的表现上都对文艺复兴时期的速记法和密码的发展产生了影响。从 16 世纪到 19 世纪，这种密码曾在各种关于数字记法的著作中被提及。1780 年，法国巴黎的共济会还采用了这种密码。"

## 使用这种密码

修道士们曾使用过几种不同版本的密码系统，它们都以一系列水平或垂直的记号为基础，加上不同的装饰符号来表示个、十、百和千。

贝尔塞柳斯星盘以及其他多部手稿中所使用的密码系统，包括一条竖线和 9 种不同的装饰符号，当这些装饰符号位于竖线右上角时表示个，位于左上角表示十，位于右下角表示百，位于左下角表示千。下一页的图展示了这种系统的细节，以及如何将这些符号组合起来。

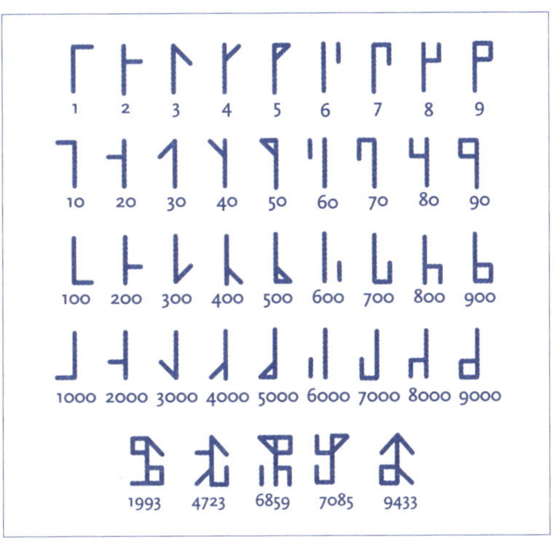


西多会密码，欧洲各国的修道士用它来标记页码或清单。

# 历史上的密码破译者：伊本·杜拉希姆

伊本·杜拉希姆1312年生于现伊拉克境内的摩苏尔。他师从当时多位著名学者，在大马士革做过商人和教师。1359年，他移居到埃及，不久后去世。

杜拉希姆是一位高产的作家，尽管英年早逝，但他一生共发表了80多部著作，其中包括关于密码分析的诗篇，以及一部关于密码规则的著作。他曾经写过一部关于密码学的巨著，但后来遗失了手稿，于是他又凭记忆重新写了一部，命名为《开启破译密码宝藏的钥匙》。这本书分为5部，分别介绍了密码分析基础、加密方法、阿拉伯字母词法（比如哪些字母可以组合在一起）、肯迪的频率分析法和具体的实例。

其中，加密方法的部分对当时的密码学现状进行了系统性的综述，涵盖了多种置换密码和代替密码。

杜拉希姆对置换密码进行了详细的介绍，此外，他的著作还表明他对多表代替密码的原则已经有所认识。杜拉希姆提出的换字表与后来维热纳尔独立设计的换字表（见第76页）十分相似，因此有些学者认为是杜拉希姆或者肯迪最早发现了这一技术的强大威力。杜拉希姆还提出了一种将字母替换成数字的加密方法，下表就是一个针对拉丁字母的例子。

| A | B | C | D | E | F | G | H | I |
|---|---|---|---|---|---|---|---|---|
| 1 | 2 | 3 | 4 | 5 | 6 | 7 | 8 | 9 |
| J | K | L | M | N | O | P | Q | R |
| 10 | 20 | 30 | 40 | 50 | 60 | 70 | 80 | 90 |
| S | T | U | V | W | X | Y | Z | |
| 100 | 200 | 300 | 400 | 500 | 600 | 700 | 800 | |

按照这张表，单词“LETTER”可以简单加密成：30, 5, 200, 200, 5, 90。

当然，这一系统是可以进一步扩展的，我们可以把每个数字都拆成两个数字之和，例如：20 + 10, 2 + 3,100 + 100, 100+ 100, 1 + 4, 40 + 50。然后，我们可以把这些数字排列起来，即：20, 10, 2, 3, 100, 100, 100, 100, 1, 4, 40, 50，然后再反向查表，将这些数字重新替换成字母，即：KJBCSSSSADMN。只要接收者知道其中的数学规则，就可以很容易地还原出原始消息。杜拉希姆的著作还总结了频率分析法，并给出了具体实例。

我们不清楚杜拉希姆的著作中有多少是原创性内容，但无论如何，他至少是一位顶级的历史记录者，将肯迪、伊本·阿德兰、伊本·杜纳尼尔等阿拉伯密码学家的成果进行了融合和总结。

曾经分析过杜拉希姆著作的穆拉雅迪博士表示：“杜拉希姆的原创性体现在他对各种加密方法的解释和分析，包括这些方法的性能和可靠性，尤其是代替密码。因此，他的原创性更多地体现在‘加密’而不是

‘破译’。”

关于杜拉希姆的著作，我们很大程度上是通过埃及学者艾哈迈德·卡尔卡山迪编著的一部百科全书《启蒙之光》了解的。这部著作记录了埃及和叙利亚的丰富史料，以及关于书写和管理的讨论，其中也包括密码学。

这些记录表明，中东地区是当时世界密码学的中心，其方法和技术也处于领先地位。

THE GREAREST CODES

# 3 超越字母

# BEYOND THE ALPHABET

## 密钥与多表代替

时间到了公元 1000 年，一直以来为君主、宗教领袖和军队所用的简单代替密码，其安全性似乎有些堪忧了。因为当时的破译者们已经开始领会肯迪频率分析法在破译密码中所展现的威力。这意味着那些想要加密消息的人，必须想方设法掩盖可能会被破译者利用的语言学痕迹。于是，人们开始发展新的加密技术，比如用多个密文符号来对应同一个明文字母，以及使用多个换字表来加密。这些方法的出现，迅速提高了破译的难度。

在这个时期，密码安全性方面的一大进步，就是用一个密钥（即一个单词或词组）来定义密码的起始位置。如果不知道密钥，破译便会陷入十分困难的局面。还有一种根据明文消息本身来生成密钥的方法，这使得破译的难度陡增数倍。

尽管破译者的技术也变得越来越专业，但出自这个时期的一些消息、铭文以及密码技术，依然经受住了所有的考验。

## N 元组合分析

频率分析法（见第 30 ~ 35 页）有时不足以破译一段密文，因为有些密文长度不够长，或者对于该语言的字母频率分布来说不具有代表性。这时，破译者必须更加仔细地挖掘文字中的线索，这正是 N 元组合分析法发挥威力的地方。

一个 N 元组合是一个由 N 个字母、音节或单词组成的序列。例如，2 元组合就包含两个字母或单词，它可以指两个字母的组合，比如 th 或 ee；也可以指两个音节的组合，比如 en–tion 或 ate–ly；还可以指两个单词的组合，比如 after the 或 less than。

这有什么用呢？正如我们可以通过分析密文来找到与 E、T、A 相对应的密文字母一样，我们可以用同样的方法分析密文中所有的 N 元组合，并将它们的频率与指定语言的语料库数据进行比较。举个例子，下页这张图表就是康奈尔大学根据 4 万个英语单词统计出的双字母组合频率分布。

从这张图表我们可以看出，英语中出现最多的双字母组合是 th、he、in 和 er，当然，如果选用不同的语料库，它们的排列顺序也可能有所不同。根据西北拿撒勒大学的物理学教授威廉·帕卡德的统计，英语中出现最多的三字母组合是 the、and、tha、ent、ion、tio、for、nde、has、nce、tus、oft、men。此外，英语中经常出现的双写字母（ss、ee、tt、ll、mm、oo）以及一些经常出现的双字母或三字母单词也是非常有用的线索。

下面让我们运用线索来破译一段密文：BASH SH MAYB QYVGH BSQG BCYNGT FZHHSWTG BAG DTXE OYFYOSBZC。我们首先想到的是用频率

分析法来分析单个字母。显然，出现最多的密文字母是 B，然后是 G。如果密文的字母频率分布和标准分布一致，那我们可以推断出 B 代表明文的 e，G 代表明文的 t。这种方法是可行的，但似乎还不够。

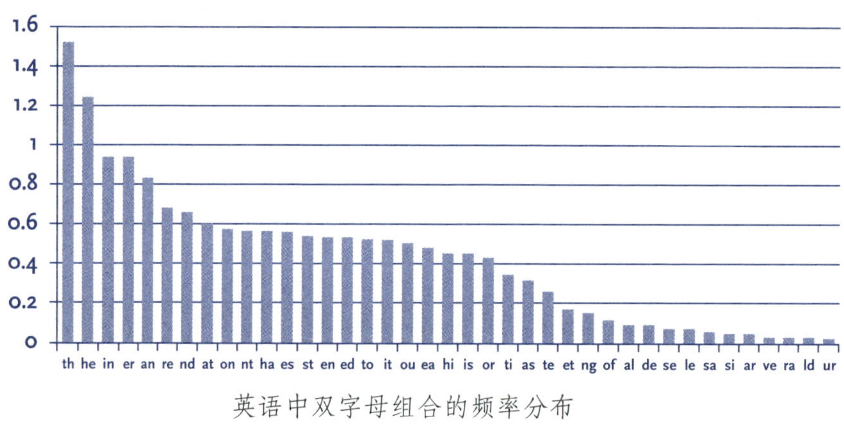


英语中双字母组合的频率分布

通过仔细观察，我们还可以发现一组双写字母：HH。我们知道英语中出现最多的双写字母是 ss，因此密文字母 H 有可能代表明文字母 s。如果这个假设成立，那反过来看密文中的前两个单词：BASH SH，我们就有理由推测 S 代表 a 或者 i。

现在看密文单词 BAG，这是密文中唯一一个三字母单词，那么它很有可能就是英语中最常见的三字母单词 the。如果这个假设成立，那么第一个单词不是 this 就是 thas。回到我们对密文字母 S 的推测，this is 看起来非常靠谱，因此我们推测密文字母 S 代表明文字母 i。现在，让我们把已经破译的字母替换进去，密文就变成了这样：this is MhYt QYVes tiQe tCYNeT

FZssiWTe the DTXE OYFYOitZC。

再看密文字母 Y，我们先尝试字母 a，因为它在英语中出现频率较高，替换之后变成了这样：this is Mhat QaVes tiQe tCaNeT FZssiWTe the DTXE OaFaOitZC。破译者现在可以观察那些未破译的单词，寻找其中的排列模式。如果你经常玩填字游戏，那应该对这种方法非常熟悉。

以最后一个单词为例：OaFaOitZC。英语中只有一个单词满足这样的字母排列模式，而且第 1 个字母和第 5 个字母是相同的，这个单词就是 capacitor。猜出这个单词之后，我们一下子可以找到 4 个字母的对应关系，即 O、F、Z、C 分别对应 c、p、o、r。现在密文变成了这样：this is Mhat QaVes tiQe traNeT possiWTe the DTXE capacitor。用同样的方法，我们可以猜出 possible 和 travel。接下来我们可以猜出 time，那么前面一个词就是 makes，Mhat 就只能是 what。现在我们还剩下 DTXE，由于密文太短，我们很难直接猜出这个词。如果你是电影《回到未来》的粉丝，那你应该能猜出这个词是 flux[①]。

从本质上说，密码分析就是用各种技术进行尝试，看看哪种能派上用场。计算机可以帮助我们完成一部分重复性的工作，比如分析双字母组合的频率，但我们依然有很多猜测和试错的工作需要完成。还有一些以 N 元组合分析为基础的系统性破译方法，比如雅各布森提出的破译代替密码的快速方法。这种方法之所以快速是因为我们只需要分析一次密文，并从中

① flux capacitor（通量电容器）是电影《回到未来》里时光机的核心部件。——译者注

得到一张双字母组合的频率分布直方图。雅各布森指出，我们可以交换这张频率图中的行和列，通过迭代这一过程并与英语的标准频率分布比较，直到找到最优解。这种方法对于单表密码表现非常出色，对于换字表数量不多的多表密码也表现良好。

还有一种介于频率分析和N元组合分析之间的方法，称为邻接分析。邻接分析关心的不是单个字母的频率，而是一个字母与另一个字母同时出现的概率。

例如，在英语中，字母q后面出现字母u的概率超过99%，只有一些非常罕见的情况，例如Iraq。我们还知道v后面出现e的概率超过三分之二，h后面出现e的概率为46%。我们可以在网上找到相应的统计表格。

要使用这种方法，你可以对密文中的字母做一张类似的统计表。这张表的行列顺序是打乱的，但你可以先找出那些概率极高的，例如q后面几乎肯定是u，t后面很可能是h，k后面很可能是e。

## 阿尔伯蒂密码盘

**这是一种发明于15世纪的装置，它使用多个换字表来加密消息。这一发明使得频率分析法不再所向披靡。**

在尤利乌斯·恺撒之后的几百年里，密码学家一直使用简单的代替密码来加密消息。后来，肯迪提出单表代替密码在频率分析法（见第30～35页）面前是非常脆弱的。

莱昂·巴蒂斯塔·阿尔伯蒂，文艺复兴时期的通才，多表代替密码的早期先驱者之一。

有记录的最早的多表代替密码之一是由文艺复兴时期的通才莱昂·巴蒂斯塔·阿尔伯蒂发明的。他于1467年发表了一部密码学著作，书中描述了一种特殊的密码装置。这是一个由两个圆盘组成的密码盘：一个圆盘是固定的，称为“定盘”；另一个圆盘是活动的，称为“动盘”。

位于外圈的定盘被划分为24个格子，其中20个格子按顺序刻有红色大写拉丁字母（因为字母H很少使用，字母K和Y则不使用），剩下4个格子分别用黑色刻有数字1、2、3、4。位于内圈的动盘则按乱序刻有23个小写拉丁字母，再加上一个&符号。

美国南北战争期间曾使用过一种加强版的阿尔伯蒂密码盘，称为联邦军密码盘。士兵可以使用这种密码盘将字母和常见词尾转换成由数字1和8组成的字串。

## 使用这种密码

阿尔伯蒂密码盘是这样使用的，发送者和接收者各自持有一枚密码盘，他们的密码盘上，内圈动盘的字母排列必须是一致的。接下来，发送者和接收者需要协商一个索引字母，比如 r。发送者先找到与动盘上的 r 对应的定盘字母，在这个例子中是 F，于是他在密文的开头先写上一个大写的 F。现在，我们已经设定了密码盘的位置，发送者可以开始加密消息了。方法是在定盘上找到要加密的字母，然后将动盘上对应的字母作为密文写下来。

假设现在我们要用这种方法来加密“all steps of learning must be found in nature（所有学习的步骤都可以在自然中找到）”这句话，前面 4 个单词我们可以加密成：Fgzz qipsq yr zpgmxvxt（注意，第一个 F 表示索引字母 r 的初始位置）。

发送者可以在任意时间点旋转内圈的动盘将密码盘切换到一个新的位置。在下面的图中，索引字母 r 转到了字母 M 的位置上，发送者需要先写上一个 M 来提示新的位置，然后再加密剩下的单词：Mroys ag kvote nt tbsoxg（注意，这里我们用 v 代替了 u）。

在解密消息时，接收者只要将上述步骤反向操作，并注意按密文中的大写字母切换密码盘的位置就可以了。

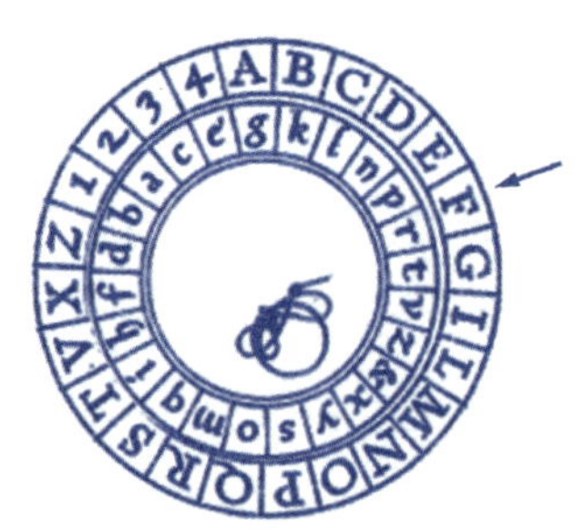

# 卡达诺漏格板

**卡达诺漏格板采用一种机械的方式将信息隐藏在一段长文之中。据说弗朗西斯·培根和枢机主教黎塞留曾经使用过这种装置。**

吉罗拉莫·卡达诺，又称杰尔姆·卡丹，是16世纪一位意大利通才，尤其对占星学、数学和医学感兴趣。卡达诺1501年生在意大利帕维亚，一生共出版了二百余本著作，包括最早的概率论著作《游戏机遇的学说》。他还出版过两本密码学著作，此外他的名字还被用来命名一种隐写装置——卡达诺漏格板。

尽管卡达诺漏格板的使用方法非常简单，但要找出其中隐藏的信息则非常困难，因此在卡达诺去世之后的很长一段时间内，依然有人在使用卡达诺漏格板。

## 使用这种密码

卡达诺漏格板是一块用硬纸板、金属板或其他硬质材料制成的板，上面在随机位置挖了若干个洞。下页就是卡达诺漏格板的一个简化图。使用者首先将漏格板盖在一张纸上，然后在洞里写上要隐藏的消息，例如写上

一个人的名字“Leonardo”。

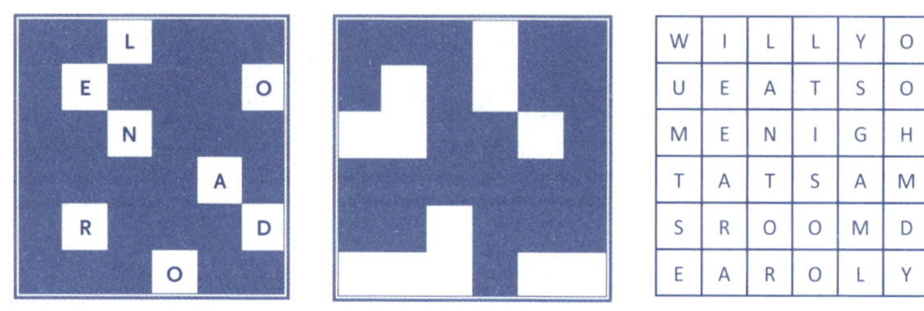


然后，将漏格板拿开，借助刚才的字母扩写成一篇较长的句子，比如我们可以写“Will you eat some night at Sam's room dear Oly（亲爱的奥莉今晚要不要在山姆的房间吃顿饭）”。

消息的接收者必须持有一块完全相同的漏格板，当他将漏格板盖在这段话上面时，就可以看到隐藏的内容了。

卡达诺漏格板上的洞不仅限于一个字母的大小，还可以是一组字母，如下图所示。

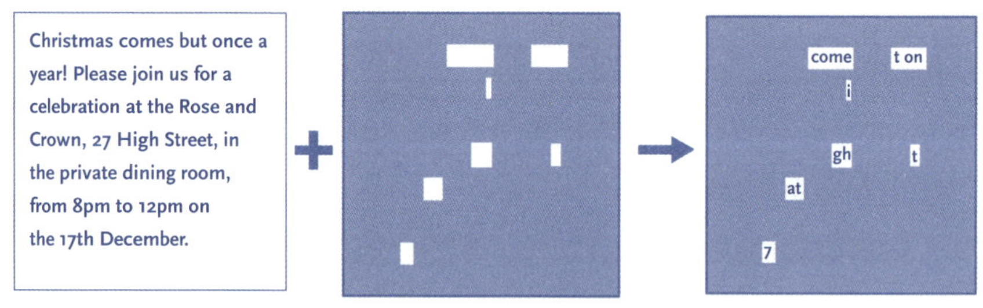


用卡达诺漏格板隐藏的消息：Come tonight at 7（今晚 7 点过来）。

# 贝拉索密码

**15 世纪至 16 世纪，密码学家们开始逐渐认识到使用多组换字表加密的威力。**

吉奥万·巴蒂斯塔·贝拉索生于1505年，是一位著名的意大利密码学家，他所设计的密码曾在文艺复兴时期被教廷和贵族使用。

他最重要的两部著作分别是 1553 年出版的《吉奥万·巴蒂斯塔·贝拉索先生的密码》和 1555 年出版的《一种特殊的加密方法》，实际上它们可以看成同一部著作的上下两卷。贝拉索在修道士特里特米乌斯的多表密码（见第 73 页）的基础上加入一个密钥，进一步提高了破译的难度。

和其他多表密码一样，这种密码也可以用卡西斯基法（见第 147 页）来破译，即先分析出一共使用了多少组换字表，然后将密文切分成相应的份数，再对每一份进行频率分析。

## 使用这种密码

贝拉索在 1553 年发表的书中讲述了 11 组换字表的加密方法，如下页图所示。注意，当时 J、K、W 是不使用的，U 和 V 则是可以互换的。每组换字表第二行的轮换看起来是随机的，但其实是有规律的，任何人都可以记住这一规律，并在没有参考资料的情况下凭记忆重建这些换字表。

如果你按顺序从左侧的两个字母中找到A、E、I、O、V、C、G、M、Q、S、Y，就会发现每个字母所对应的换字表的第二行相对于前一个字母所对应的换字表都平移了一个位置。

使用这种密码时，发送者和接收者必须事先确定一个单词或者词组，贝拉索将它称为“口令”，不过现在我们一般称之为“密钥”。发送者将口令写在明文字母的上方，并按需要不断重复，如下页图。在这个例子中，我们使用的口令是FRANCE。我们将口令重复多次，确保它能够对应到每个明文字母。在加密时，我们根据口令中的字母，从贝拉索密码表的左侧两个字母中找出相应的分组，然后从右侧的换字表中找出相应的明文字母，并用该字母上方或下方所对应的字母进行替换。由于接收者也知道口令，他可以通过反向操作复原出明文。

在1555年出版的那本书中，贝拉索建议对不同的通信对象使用不同的密码表，而密码表可以用一些流行的短语来建立。贝拉索还给出了一个例子，他从维吉尔的《埃涅阿斯纪》中选出了一句话：

| AB | a | b | c | d | e | f | g | h | i | l | m |
|---|---|---|---|---|---|---|---|---|---|---|---|
| | n | o | p | q | r | s | t | u | x | y | z |
| CD | a | b | c | d | e | f | g | h | i | l | m |
| | t | u | x | y | z | n | o | p | q | r | s |
| EF | a | b | c | d | e | f | g | h | i | l | m |
| | z | n | o | p | q | r | s | t | u | x | y |
| GH | a | b | c | d | e | f | g | h | i | l | m |
| | s | t | u | x | y | z | n | o | p | q | r |
| IL | a | b | c | d | e | f | g | h | i | l | m |
| | y | z | n | o | p | q | r | s | t | u | x |
| MN | a | b | c | d | e | f | g | h | i | l | m |
| | r | s | t | u | x | y | z | n | o | p | q |
| OP | a | b | c | d | e | f | g | h | i | l | m |
| | x | y | z | n | o | p | q | r | s | t | u |
| QR | a | b | c | d | e | f | g | h | i | l | m |
| | q | r | s | t | u | x | y | z | n | o | p |
| ST | a | b | c | d | e | f | g | h | i | l | m |
| | p | q | r | s | t | u | x | y | z | n | o |
| VX | a | b | c | d | e | f | g | h | i | l | m |
| | u | x | y | z | n | o | p | q | r | s | t |
| YZ | a | b | c | d | e | f | g | h | i | l | m |
| | o | p | q | r | s | t | u | x | y | z | n |

ARMA UIRUMQUE CANO TROIE QUI PRIMUS AB ORIS。他把其中的元音字母都去掉，然后把剩下的辅音字母按顺序但不重复地写下来，最后再把句子中未出现的辅音字母按顺序添加在末尾，于是就得到了这样一个序列：RMQCNTPSB DFGHLXYZ。

| 口令 | F | R | A | N | C | E | F | R | A | N | C | E | F | R | A | N | C | E | F | R |
|---|---|---|---|---|---|---|---|---|---|---|---|---|---|---|---|---|---|---|---|---|
| 明文 | t | h | e | s | i | e | g | e | o | f | t | r | o | y | i | s | o | v | e | r |
| 密文 | H | Z | R | B | Q | Q | S | V | B | Y | A | F | C | G | X | B | G | I | Q | B |

贝拉索有两种方式来使用这串字母。首先，他将元音字母按照AVIEO的顺序插入到前五个辅音字母的后面，得到：RAMVQICENOTPSB DFGHLXYZ，然后将这些字母两个分成一组，用作左侧的索引字母。

然后，他又在原始辅音字母序列的每3个字母的后面插入一个元音字母，得到：RMQACNTVPSBIDFGEHLXOYZ，然后将这些字母平分成两组，将它们作为第一组换字表（对应索引字母RA）。至于其他

| RA | r | m | q | a | c | n | t | v | p | s | b |
|---|---|---|---|---|---|---|---|---|---|---|---|
| | i | d | f | g | e | h | l | x | o | y | z |
| MV | r | m | q | a | c | n | t | v | p | s | b |
| | z | i | d | f | g | e | h | l | x | o | y |
| QI | r | m | q | a | c | n | t | v | p | s | b |
| | y | z | i | d | f | g | e | h | l | x | o |
| CE | r | m | q | a | c | n | t | v | p | s | b |
| | o | y | z | i | d | f | g | e | h | l | x |
| NO | r | m | q | a | c | n | t | v | p | s | b |
| | x | o | y | z | i | d | f | g | e | h | l |
| TP | r | m | q | a | c | n | t | v | p | s | b |
| | l | x | o | y | z | i | d | f | g | e | h |
| SB | r | m | q | a | c | n | t | v | p | s | b |
| | h | l | x | o | y | z | i | d | f | g | e |
| DF | r | m | q | a | c | n | t | v | p | s | b |
| | e | h | l | x | o | y | z | i | d | f | g |
| GH | r | m | q | a | c | n | t | v | p | s | b |
| | g | e | h | l | x | o | y | z | i | d | f |
| LX | r | m | q | a | c | n | t | v | p | s | b |
| | f | g | e | h | l | x | o | y | z | i | d |
| YZ | r | m | q | a | c | n | t | v | p | s | b |
| | d | f | g | e | h | l | x | o | y | z | i |

意大利密码学家吉奥万·巴蒂斯塔·贝拉索根据“arma uirumque cano troie qui primus ab oris”这句话建立了这张密码表。

换字表，只要依次将下半部分向右平移一个位置就可以了。加密的具体步骤参见之前介绍的例子。

1564 年，贝拉索出版了《密码的真实写法》一书，将他的密码系统拓展到了一个新的领域——自动密钥密码。这种密码无须双方事先确定口令，而是用明文本身来生成口令。

如下图所示，这种自动密钥密码共使用了 5 组换字表，它的用法如下。假设我们要加密的消息是“aue maria gratia plena”，我们先用最上面一组标有 IDVQ 的换字表来加密明文中的第一个字母，于是 a 就变成了 M。接下来每加密一个字母，都轮换到下一组换字表，直到第一个单词结束——这里，字母 u 应使用 OFER 表来加密（变成 O），字母 e 应使用 AGMS 表来加密（变成 B）。

接下来，我们根据明文中第一个单词的首字母来确定第二个单词的起始换字表。“aue”的首字母是 a，因此我们使用 AGMS 表来加密第二个单词“maria”。于是，第二个单词中的每个字母都按之前的方式轮换使用不同的换字表来加密。以此类推，每次我们都用前一个单词的首字母来确定下一个单词加密时的起始换字表。由

| | | | | | | | | | | |
|---|---|---|---|---|---|---|---|---|---|---|
| IDVQ | i | o | a | b | c | d | f | g | h | l |
| | u | e | m | n | p | q | r | s | t | x |
| OFER | i | o | a | b | c | d | f | g | h | l |
| | x | u | e | m | n | p | q | r | s | t |
| AGMS | i | o | a | b | c | d | f | g | h | l |
| | t | x | u | e | m | n | p | q | r | s |
| BHNT | i | o | a | b | c | d | f | g | h | l |
| | s | t | x | u | e | m | n | p | q | r |
| CLPX | i | o | a | b | c | d | f | g | h | l |
| | r | s | t | x | u | e | m | n | p | q |

1564 年贝拉索设定的密码表，它描述了如何用多组换字表来加密消息。

于密钥是通过消息本身生成的，因此它才有了“自动密钥密码”这个名字。完成加密后的密文是这样的：MOB CXIUE QLTUXU FRDBE。

## 曼托瓦密码

**人们花了几百年的时间才设计出能够对抗肯迪频率分析法的密码。曼托瓦密码出现于 1401 年，是有记录的第一种使用同音代替法的密码，这种密码的设计思路一直沿用至今。**

同音词指的是拼写不同但读音相同的单词，例如 bear 和 bare，here 和 hear。同音代替密码使用多个密文符号来代替同一个明文字母。单表代替密码中，密文字母和明文字母是一对一的映射关系，而同音代替密码中则是多对一的关系。

使用同音代替可以掩盖密文中的字母频率分布。但即便如此，我们还是可以通过 N 元组合分析（见第 57 ~ 60 页），尤其是双字母和三字母组合的分析来找到破译的线索，这是因为单个字母的频率分布容易掩盖，但双字母和三字母组合的频率分布就没那么容易掩盖了。我们还可以从常见的单词入手，比如我们知道英语中出现最多的单词是 the，这意味着即便使用了同音代替，只要密文足够长，我们依然很有可能发现这一重复的密文序列。

还有一个破译的突破口就是双字母组合 qu。在英语中，字母 q 的后面几乎必定跟随字母 u，而 q 在英语字母中的出现频率较低，这意味着加密者一般只会给它分配一个密文符号。如果通过分析密文，我们能找到一个密文符号，它的后面总是跟着两种或三种固定的符号，那么我们就很可能找到了 q。

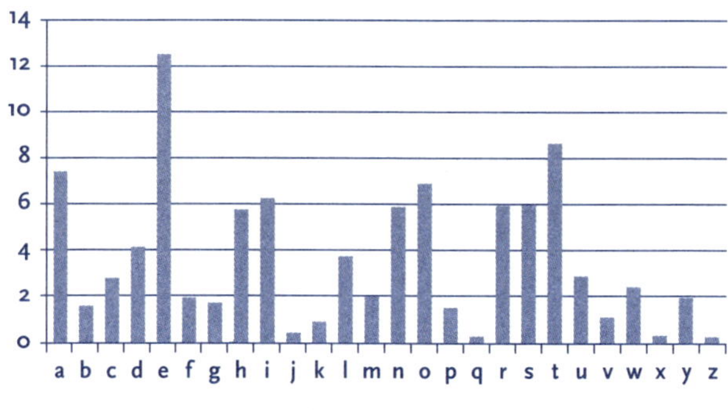


英语字母频率分布

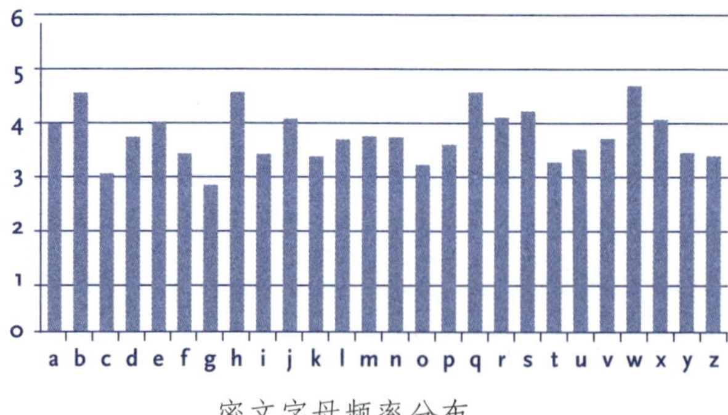


密文字母频率分布

有一种同音代替密码不是用字母或符号作为密文，而是使用两位数字（见下表）。一个字母在英语中出现的频率越高，它就会对应越多的数字，最后我们可以得到一个包含 100 个密文符号的换字表。用这张表，我们可以将“the da Vinci code（达·芬奇密码）”加密成“69 65 41 48 20 82 51 77 66 96 23 09 13 89”。注意，对于一个字母，我们可以使用任意一个相对应的两位数来替换，例如最后一个字母 e 可以被替换成表中 12 个数字中的任意一个。现在我们回到字母 q 的话题，对于上面这种用两位数表示的同音代替表，只要出现 42，它后面一定是 21、67 或 92，而不会是其他数字，我们可以通过这一规律进一步分析单词模式。

| 明文 | a | b | c | d | e | f | g | h | i | j | k | l | m | n | o | p | q | r | s | t | u | v | w | x | y | z |
|---|---|---|---|---|---|---|---|---|---|---|---|---|---|---|---|---|---|---|---|---|---|---|---|---|---|---|
| 密文 | 20<br>22<br>31<br>32<br>47<br>53<br>73 | 10<br>85 | 23<br>50<br>66 | 13<br>30<br>48<br>94 | 15<br>24<br>27<br>40<br>41<br>45<br>46<br>54<br>63<br>74<br>84<br>89 | 11<br>70 | 33<br>68 | 04<br>06<br>38<br>65<br>78<br>91 | 05<br>51<br>76<br>80<br>96<br>98 | 57 | 61 | 12<br>44<br>56<br>95 | 16<br>26 | 02<br>35<br>59<br>60<br>77<br>90<br>97 | 09<br>14<br>25<br>39<br>43<br>52<br>62<br>75 | 03<br>72 | 42 | 01<br>19<br>29<br>37<br>71<br>79 | 18<br>28<br>49<br>83<br>86<br>88 | 00<br>07<br>34<br>36<br>58<br>64<br>69<br>93 | 21<br>67<br>92 | 82 | 08<br>81 | 55 | 87<br>99 | 17 |

## 使用这种密码

使用同音代替主要是为了抵御频率分析（见第 30 ~ 35 页），因为同音代替可以将频率分布图抹平，看起来就像上页的图中那样。这样的频率分布对于破译者来说是很难进行攻击的，因为他无法通过这张图找出出现频率最高的字母。

传统的单表代替密码中，每个明文字母都被替换成同一个密文字母；而同音代替密码中，出现频率越高的明文字母，它所对应的密文字母数量也就越多。这也就意味着我们必须使用更多的符号，比如标点符号等。这一技术最早记载于 1401 年曼托瓦公爵与克雷马的西梅奥内之间的通信。在这些信件中，写信人先把字母按倒序排列，然后为元音字母加入了同音代替（见下表）。

还有一些更复杂的同音代替密码，它们会为其他高频字母分配更多的符号，而不是只考虑元音字母，因此相比曼托瓦密码来说，可以得到更平坦的频率分布图。当加密这些高频字母时，每次都使用任一可选的密文字母进行替换，以上面的密码表为例，我们可以将“delete the files we have been infiltrated（删除文件，我们已被渗透）”这句话加密成：5PHRAW; N4 CDT7F ¥% SK©> 3+PJ MUCXH “BZ!R?。删除其中的空格可以进一步增加破译的难度。

| 明文 | a | b | c | d | e | f | g | h | i | j | k | l | m | n | o | p | q | r | s | t | u | v | w | x | y | z |
|---|---|---|---|---|---|---|---|---|---|---|---|---|---|---|---|---|---|---|---|---|---|---|---|---|---|---|
| 密文 | K<br>Z<br>1<br>6<br>£ | 3 | # | 5<br>? | P<br>R<br>W<br>4<br>7<br>%<br>><br>+ | C | Q | N<br>S<br>$<br>~ | D<br>M<br>X<br>o<br>& | G | O | H<br>T | I | J<br>U<br>V<br>€ | Y<br>2<br>8<br>(<br>* | E | L | B<br>9<br><<br>/ | F<br>=<br>)<br>^ | A<br>;<br>“<br>!<br>\ | [ | © | ¥ | ] | ½ | : |

## 福哉玛利亚密码

**德国修道士约翰内斯·特里特米乌斯出版了世界上第一本印刷版的密码学专著，但他的著作本身就是用密码写成的，因此很多人都误解了其中的内容，甚至还有人举报他与魔鬼做交易。**

可以说，是一场暴风雪成就了世界上第一本印刷版密码学专著的出版。约翰内斯·特里特米乌斯从位于海德堡的大学返回家乡特里滕海姆，路上遇到了暴风雪，他不得不暂住在施潘海姆的圣马丁修道院里。他对修道院的生活十分着迷，暴风雪过去之后，他没有继续踏上返乡之路，而是决定留在修道院做一名修道士。此后不久，特里特米乌斯就当上了修道院院长。在圣马丁修道院，他花了大量的精力编写了许多神学著作以及一部十分成功的拉丁语布道书。然而，他的另外一些著作则让他不得不辞去院长的职务。

1499 年，他写了一本叫《隐写术》的书。这本书的印刷版到 1606 年才得以出版。在这本书里，特里特米乌斯写了很多关于天使和魔法的内容，但实际上这些内容只是幌子，里面隐藏的则是关于密码学的内容。然而，很多人认为特里特米乌斯已经涉足了魔鬼的领地，这迫使他不得不辞去修道院院长的职务。1506 年，他又写了一本名为《多重密码》的密码学著作，在他去世后的 1518 年得以印刷出版。这本书成书之早，可以被认为是世界上第一本关于密码学的印刷著作。

这种给特里特米乌斯带来麻烦，使他无法继续担任圣马丁修道院院长的密码，后来被称为福哉玛利亚密码。此外，特里特米乌斯还设计了一种使用多组换字表的十分强大的加密方法。

破译者通常会通过一些捷径来判断一段文字使用了哪种加密方法。今天，经验丰富的破译者几乎可以立即断定，一段拉丁语的宗教文字十有八九是用福哉玛利亚密码来加密的。一旦知道了加密方法，那么只要手上有一本《多重密码》，就可以破译这种密码。不过，在特里特米乌斯的时代，得到这本书并不容易，甚至没几个人知道这本书的存在。这就使这种密码在当时十分安全。

特里特米乌斯《多重密码》的封面，出版于 1518 年。封面上的雕刻图案是拿着钥匙的僧侣，十分切合这本书的主题。

如果破译者手上没有《多重密码》这本书，那就需要采用别的方法来破译。福哉玛利亚密码是一种多表代替密码，只不过代替的对象是单词而不是字母。我们可以使用破译多表密码的标准方法（见第 154 页），即先分析密文并确定使用了多少组换字表，然后再对每一组换字表进行频率分析（见第 30 ~ 35 页）。

## 使用这种密码

在美国华盛顿特区附近的国家密码博物馆中，展出了特里特米乌斯的著作《多重密码》的副本，其中包含由 384 列字母组成的密码表，每个字母都对应一个密文单词，我们在下面的例子中会详细说明。

假设我们要加密“abbeys”这个单词。根据《多重密码》中的密码表，我们按字母找到对应的密文单词,但每加密一个字母就要移动到下一列,即:

A – DEUS

B – CLEMENTISSIMUS

B – AMENITATEM

E – SUPERCELESTEM

Y – FAMULIS

S – FELICITATE

将这些单词拼在一起，就是我们的密文：

DEUS CLEMENTISSIMUS AMENITATEM SUPERCELESTEM FAMULIS FELICITATE

这种加密方法之所以被叫作福哉玛利亚密码，是因为它的密文读起来像是祈祷文。接收者可以根据密文中的第一个单词确定哪一列包含这个单词，然后从这一列开始，依次解密整个消息。

这种密码有一个显著的优点：在那个时代，祈祷文几乎遍地都是，把要发送的消息伪装成这样一种十分常见的形式，尽管密码本身可能被破译，但这样的密文本身很难引起别人的注意和怀疑。现代密码学家也会使用一些常见的素材，例如垃圾邮件，来达到类似的效果。

## 维热纳尔密码

**法国密码学家及外交官布莱兹·德·维热纳尔因设计了一种密码而闻名于世，这种密码多年以来一直被称为“无法破译的密码”。为什么这种密码如此难以攻破呢?**

维热纳尔也是一位多表密码的先锋人物，一种最典型的多表密码就是以他的名字命名的。在他的著作《密码理论》中描述了一种使用多组换字表进行加密的方法。和贝拉索的方法一样，维热纳尔的方法也是将换字表分成两半，但他没有使用自动密钥，而是使用了事先协商的密钥。

和其他多表密码一样，维热纳尔密码也可以用卡西斯基法(见第147页)进行破译，即分析密文寻找重复模式以确定使用了多少组换字表。维热纳尔密码还有一种变体，它使用流式密钥法，即密钥的长度与明文消息一致。这一改进意味着破译者无法使用卡西斯基法来寻找重复模式。

| A | a | b | c | d | e | f | g | h | i | l |
|---|---|---|---|---|---|---|---|---|---|---|
| B | m | n | o | p | q | r | s | t | u | x |
| C | a | b | c | d | e | f | g | h | i | l |
| D | x | m | n | o | p | q | r | s | t | u |
| E | a | b | c | d | e | f | g | h | i | l |
| F | u | x | m | n | o | p | q | r | s | t |
| G | a | b | c | d | e | f | g | h | i | l |
| H | t | u | x | m | n | o | p | q | r | s |
| I | a | b | c | d | e | f | g | h | i | l |
| L | s | t | u | x | m | n | o | p | q | r |
| M | a | b | c | d | e | f | g | h | i | l |
| N | r | s | t | u | x | m | n | o | p | q |
| O | a | b | c | d | e | f | g | h | i | l |
| P | q | r | s | t | u | x | m | n | o | p |
| Q | a | b | c | d | e | f | g | h | i | l |
| R | p | q | r | s | t | u | x | m | n | o |
| S | a | b | c | d | e | f | g | h | i | l |
| T | o | p | q | r | s | t | u | x | m | n |
| V | a | b | c | d | e | f | g | h | i | l |
| X | n | o | p | q | r | s | t | u | x | m |

## 使用这种密码

首先准备一个密钥短语，以及一段要加密的文字。维热纳尔给出的例子是用“le iour obscur（黑暗的一天）”作为密钥，来加密“au nom de l’eternel soit mon commencement（以永恒之名成为我的开始）”这句话。

接下来，我们用密钥中的每一个字母依次在右侧的表格中进行查找。密钥的第一个字母是l，我们从最左边一列找到它，然后从相应的这一排换字表中查出明文的第一个字母（a），我们发现与它上下对应的字母是S，于是密文的第一个字母就是S。下面看密钥的第二个字母E，并找到相对应的换字表，再根据这组换字表，将明文的第二个字母U加密成A。当密钥中的字母用尽时，就再次回到密钥的开头。

| 密 钥 | L | E | I | O | V | R | O | B | S | C | V | R | L | E | I | ... |
|---|---|---|---|---|---|---|---|---|---|---|---|---|---|---|---|---|
| 明 文 | a | v | n | o | m | d | e | l | e | t | e | r | n | e | l | ... |
| 密 文 | S | A | F | I | L | S | U | X | S | I | R | C | F | O | R | ... |

尽管是贝拉索先提出口令，也就是密钥这个概念的，但这个密码系统依然被称为维热纳尔密码。这种系统本质上说就是多组恺撒代替密码，因为每组换字表都比上一组平移了一个或多个位置。

维热纳尔密码也容易受到威廉·F. 弗里德曼的重合指数分析法（见第 98 页）的攻击，弗里德曼是美军信号情报部的一个研究部门的负责人。这种方法的原理是对比两份用相同方法加密的密文，统计相同字母在相同位置出现的概率。

| | A | B | C | D | E | F | G | H | I | J | K | L | M | N | O | P | Q | R | S | T | U | V | W | X | Y | Z |
|---|---|---|---|---|---|---|---|---|---|---|---|---|---|---|---|---|---|---|---|---|---|---|---|---|---|---|
| A | A | B | C | D | E | F | G | H | I | J | K | L | M | N | O | P | Q | R | S | T | U | V | W | X | Y | Z |
| B | B | C | D | E | F | G | H | I | J | K | L | M | N | O | P | Q | R | S | T | U | V | W | X | Y | Z | A |
| C | C | D | E | F | G | H | I | J | K | L | M | N | O | P | Q | R | S | T | U | V | W | X | Y | Z | A | B |
| D | D | E | F | G | H | I | J | K | L | M | N | O | P | Q | R | S | T | U | V | W | X | Y | Z | A | B | C |
| E | E | F | G | H | I | J | K | L | M | N | O | P | Q | R | S | T | U | V | W | X | Y | Z | A | B | C | D |
| F | F | G | H | I | J | K | L | M | N | O | P | Q | R | S | T | U | V | W | X | Y | Z | A | B | C | D | E |
| G | G | H | I | J | K | L | M | N | O | P | Q | R | S | T | U | V | W | X | Y | Z | A | B | C | D | E | F |
| H | H | I | J | K | L | M | N | O | P | Q | R | S | T | U | V | W | X | Y | Z | A | B | C | D | E | F | G |
| I | I | J | K | L | M | N | O | P | Q | R | S | T | U | V | W | X | Y | Z | A | B | C | D | E | F | G | H |
| J | J | K | L | M | N | O | P | Q | R | S | T | U | V | W | X | Y | Z | A | B | C | D | E | F | G | H | I |
| K | K | L | M | N | O | P | Q | R | S | T | U | V | W | X | Y | Z | A | B | C | D | E | F | G | H | I | J |
| L | L | M | N | O | P | Q | R | S | T | U | V | W | X | Y | Z | A | B | C | D | E | F | G | H | I | J | K |
| M | M | N | O | P | Q | R | S | T | U | V | W | X | Y | Z | A | B | C | D | E | F | G | H | I | J | K | L |
| N | N | O | P | Q | R | S | T | U | V | W | X | Y | Z | A | B | C | D | E | F | G | H | I | J | K | L | M |
| O | O | P | Q | R | S | T | U | V | W | X | Y | Z | A | B | C | D | E | F | G | H | I | J | K | L | M | N |
| P | P | Q | R | S | T | U | V | W | X | Y | Z | A | B | C | D | E | F | G | H | I | J | K | L | M | N | O |
| Q | Q | R | S | T | U | V | W | X | Y | Z | A | B | C | D | E | F | G | H | I | J | K | L | M | N | O | P |
| R | R | S | T | U | V | W | X | Y | Z | A | B | C | D | E | F | G | H | I | J | K | L | M | N | O | P | Q |
| S | S | T | U | V | W | X | Y | Z | A | B | C | D | E | F | G | H | I | J | K | L | M | N | O | P | Q | R |
| T | T | U | V | W | X | Y | Z | A | B | C | D | E | F | G | H | I | J | K | L | M | N | O | P | Q | R | S |
| U | U | V | W | X | Y | Z | A | B | C | D | E | F | G | H | I | J | K | L | M | N | O | P | Q | R | S | T |
| V | V | W | X | Y | Z | A | B | C | D | E | F | G | H | I | J | K | L | M | N | O | P | Q | R | S | T | U |
| W | W | X | Y | Z | A | B | C | D | E | F | G | H | I | J | K | L | M | N | O | P | Q | R | S | T | U | V |
| X | X | Y | Z | A | B | C | D | E | F | G | H | I | J | K | L | M | N | O | P | Q | R | S | T | U | V | W |
| Y | Y | Z | A | B | C | D | E | F | G | H | I | J | K | L | M | N | O | P | Q | R | S | T | U | V | W | X |
| Z | Z | A | B | C | D | E | F | G | H | I | J | K | L | M | N | O | P | Q | R | S | T | U | V | W | X | Y |

上页这张表通常被称为维热纳尔方阵，它可以帮助我们将维热纳尔密码用于现代拉丁字母体系。假设我们要加密“the ship leaves at dawn（黎明时开船）”这句话，并选择“ROBERT”作为密钥。我们将密钥重复多次，并将要加密的明文字母写在密钥的下方。然后，我们在方阵中先找到密钥字母所在的行，再找到明文字母所在的列，两者交叉的地方就是密文字母。加密过程如下表所示，我们最后得到的密文是：KVF WYBG ZFEMXJ OU HRPE。

| 密钥 | R | O | B | E | R | T | R | O | B | E | R | T | R | O | B | E | R | T | R |
|---|---|---|---|---|---|---|---|---|---|---|---|---|---|---|---|---|---|---|---|
| 明文 | t | h | e | s | h | i | p | l | e | a | v | e | s | a | t | d | a | w | n |
| 密文 | K | V | F | W | Y | B | G | Z | F | E | M | X | J | O | U | H | R | P | E |

# 历史上的密码破译者：艾蒂安·巴泽里

有些加密方法的确令人印象深刻，但它们被发明出来之后，没能得到多少实际的应用，因为这些方法用起来速度太慢，无法满足实际需求，密码学历史上不乏这样的例子。

维热纳尔密码（见第 76 ~ 79 页）就是其中之一，它使用了多组换字表进行加密，因此破译难度比单表密码要高得多，但它使用起来也很慢。

17 世纪初，安托万·罗西尼奥尔成功破译了一封密信，展现了他天才般的密码破译能力。传递这封密信的信使来自被法国军队包围的城市雷阿勒蒙，密信的内容是说城内的胡格诺派守军已经弹尽粮绝，无法继续坚守。法军向城内守军公布了密信已被破译的事实，守军很快就缴械投降了。

很快，安托万·罗西尼奥尔和他的儿子博纳旺蒂尔就因他们在密码方面的专业能力被法国朝廷录用。他们最伟大的成就莫过于创造了一种高级加密方法，被称为“伟大密码”。

在密码学领域，罗西尼奥尔的伟大密码属于一种“词汇表（nomenclator）”。词汇表是一种特殊形式的同音代替密码（见第

69 ~ 72 页），nomenclator 原意指一类随从，他们的工作是帮助主人记住在政治或社交集会中打过交道的人的名字。

词汇表密码的核心是一套密码本，最初包含各种人名，后来又加上了一些常用单词和词组，以及一些用来在消息中替代这些人名、单词和词组的同音编码。

安托万·罗西尼奥尔，伟大密码的设计者之一，他于17世纪以其密码破译方面的能力为法国朝廷效力。

于是，明文消息“Meet with Christopher Taylor at 2:30 on Friday（周五 2:30 与克里斯托弗·泰勒见面）”就可以写成“MEET WITH 236422 AT 2:30 ON FRIDAY”，其中 236422 就是从密码本中选取的一个同音词的编码。

伟大密码最终被 19 世纪的法军密码学家艾蒂安·巴泽里破译。巴泽里是圆筒密码的发明者之一。巴泽里分析了路易十四于 1691 年发送的五封密信，这些密信共包含 11000 个数字，其中不重复的有 600 个。伟大密码还有其他版本，不同版本所使用的同音编码的数量不同，其中一个由等级较低的人使用的弱化版本被称为“小密码”，它只使用了 367 组编码。

巴泽里首先尝试了频率分析、N元组合分析等常用技术，但未能成功。后来他发现某些编码表示的是音节，而其他一些编码则表示完整的单词，这使他最终得以破解了伟大密码的秘密。他还发现了一些特殊的编码，代表“忽略前一个编码”，这种设计显然十分刁钻。伟大密码中的编码可以代表一个单词，如“quatre”；也可以代表一个音节，如“mo”，这使得它非常难以破译。

破译路易十四的密信还为揭示神秘铁面人的真实身份提供了一种可能性。铁面人是路易十四的囚犯，他被要求整天戴着黑色的面罩，其真实身份一直是一个谜。巴泽里根据其中一封密信的内容，认为铁面人可能是布隆德将军，他曾经因为库内奥战役中的过错遭到路易十四的关押。

## 沙格伯勒铭文

**在一座英格兰的乡村庄园里，有一块 18 世纪的石碑。上面简短的铭文可能隐藏着圣杯埋藏地点的秘密——但前提是我们能够破译它。**

沙格伯勒是一座乔治亚时代的庄园，位于英格兰西米德兰兹郡斯塔福德，是里奇菲尔德伯爵的祖宅。这座庄园是英国国家重点保护建筑，里面有 8 座石碑，其中一座石碑与圣杯（耶稣在最后的晚餐中用来装酒的杯子）的传说相关。

这座石碑被称为牧羊人石碑，用大理石雕刻而成，高 3 米，建于十八世纪中期。它位于一座朴素的拱门下面，上面的图案是法国巴洛克时期著名画家尼古拉·普桑的作品《阿卡迪亚的牧羊人》的镜像版，原画的年代约为 1637—1638 年。石碑的雕刻者是弗兰德艺术家彼得·希梅克斯，他是受沙格伯勒庄园的主人托马斯·安森的委托前来雕刻的。安森和普桑都被怀疑隶属于某个秘密结社，很可能是郇山隐修会，即圣殿骑士团的后继者。

另一条线索出自 1982 年出版的一本书《圣血与圣杯》，书中提到石碑上的一个牧羊人指着墓碑上的一段铭文，内容是“Et in Arcadia Ego（我也在阿卡迪亚）”。作者认为，这段文字是“I Tego arcana dei”的变形，意

石碑的细节放大图，其中牧羊人手指的是一段尚未被解读的铭文，有一种理论认为它可能代表圣杯的位置。

思是“走开！我保管上帝的秘密”。作者指出这可能与耶稣或其他《圣经》人物的埋葬地点有关，如果能够解读沙格伯勒铭文的含义，就可以找到这个地点。

石碑上还有两行一共 10 个字母的密文，其中“O.U.O.S.V.A.V.V.”写在一行，“D.”和“M.”分别位于另一行的左下角和右下角。对于破译者来说，最大的挑战就是这段密文太短了，无法用常规方法来破译。查尔斯·达尔文和查尔斯·狄更斯都曾尝试解读这段密文，但都以失败告终。

单独出现的“D.”和“M.”可能具有特殊的意义。很多人认为，这两个字母代表拉丁文的“Dis Manibus”。这个词组常见于罗马墓碑上，意思是“献给亡魂”。

沙格伯勒庄园的主人还召集了曾在第二次世界大战时期的密码破译中心布莱切利庄园工作过的破译专家，询问他们对这段铭文的看法。其中一位匿名的美国专家运用多种密码分析技术，宣称找到了一种可能的代替规律，不过，这位美国专家并未公布他所采用的方法的细节，因此其他密码破译者很难验证他的结论。

对于这个谜题还有一个更人性化的答案。曾效力于布莱切利庄园的茜拉·劳恩认为，这段消息只不过是对爱的表达，它是拉丁文“Optima Uxoris Optima Sororis Viduus Amantissimus Vovit Virtutibus”的缩写，意思是“最好的妻子、最好的姐妹、最忠诚的鳏夫向你表达敬意”。

## 阿诺德密码

美国独立战争的大叛徒曾经使用这种密码来隐匿他与英国的通信。

贝内迪克特·阿诺德是美国独立战争时期投靠英国的一个有名的叛徒。

当独立战争打响，13 个殖民地向英国宣布独立时，阿诺德曾经领导过一些反英运动。然而到了 1779 年，阿诺德变节，并开始与北美英军司令的副官约翰·安德烈秘密通信。

在他们的通信中，阿诺德同意将具有重要战略地位的西点防御工事交给英国，以换取总计 2 万英镑的报酬。

就在英军着手准备接管西点之际，安德烈在美国被捕，他与阿诺德之间的秘密协议也随之败露。阿诺德逃到英国舰船秃鹫号得以保全性命，安德烈则因间谍行为而被处以绞刑。

## 了解这种密码

阿诺德与安德烈通信时使用的是书本密码，这是一种用市售书本来加密的方法。

从阿诺德的一封密信中我们可以看出这种方法是如何使用的。一些单词是用密文书写的，每隔几个单词就会出现一组由圆点分隔的三个数字。安德烈在 1779 年写给阿诺德的代理人约瑟夫·斯坦斯伯雷的信中解释了这种方法：

“你给我一本很厚的书，你自己手里也有一本一样的。每三个数字组成一个单词。第一个数字代表第几页，第二个数字代表第几行，第三个数字代表第几个词。单词和单词之间用逗号分隔。如果只需要使用某一行的第一个字母来拼写一个不在书中的单词时，第三个数字就写作 1。”

因此，150.10.6 就表示接收者需要翻开这本书的第 150 页，找到第 10

行的左起第6个单词。

阿诺德和安德烈在讨论西点秘密计划时所使用的书是威廉·布莱克斯通的《英国法释义》和纳丹·贝利的《通用词源词典》。

为了增加迷惑性，他们二人在通信时会伪装成商人，故意留下一些未加密的虚构交易内容，即便有人截获了这些密信，也会以为这只是纯粹的商业信函。

## 使用这种密码

试图解读这种密码的人必须持有一本与加密者完全相同的书，而且版本也必须相同，因为不同的版本在排版和分页上可能会有差异。

使用市售书本进行加密时，发送者和接收者不需要交换特殊的密码本，这既是优势也是弱点。如果有人截获了加密消息并猜出用的是哪本书（比如词典和《圣经》就很常用），那么就可以轻松破译出消息的内容了。

这种密码还有一个问题，如果一组数字序列有规律地重复出现，那么截获消息的人就可以猜出这个单词的含义。

# 历史上的密码破译者：奈特、麦格耶西和舍费尔

在位于柏林的德国科学院图书馆中，有一本装帧精美的书，这本书包含105页书写整齐的手稿，但其中只有“Philipp 1866”和“Copiales 3”这两处文字可以辨认，其余文字很显然是某种密码。这本书的成书年代大约为18世纪初。

在一本18世纪早期的书中有关于戈比埃尔密码的一个例子。除了两段可辨认的文字外，整本书都是用密码写成的。

这种密码被称为戈比埃尔密码，最终破译它的是美国南加州大学信息科学研究所的凯文·奈特、贝埃塔·麦格耶西以及瑞典乌普萨拉大学的克里斯蒂娜·舍费尔。他们用频率分析法（见第30～35页）找到了出现频率最高的符

号（“^”共出现了412次），并通过N元组合分析（见第57～60页）找到了出现次数最多的双字母和三字母组合。由于密文中存在罗马字母，因此研究者们起初认为其他符号可能是空值就删去了这些符号，然后对剩下的字符进行频率分析，并与以德语为首的40种语言进行了比较，最终否定了起初的假设。根据这些符号的数量，研究者们推断这可能是一种同音代替密码（见第69～72页）。他们选择了德语作为目标语言，理由有三个：首先，这本书是在德国发现的；其次，之前的一些文本分析结论略偏向德语；第三，“Philipp”这个名字采用了德语中的双写p拼法。

破译团队还发现，罗马元音字母经常带有音调符号，而在密文中，这些带有音调符号的元音字母后面经常跟随“Z”或者“Π”，并且后面还经常跟随两个其他的符号。通过对德语中双字母和三字母组合的频率分析，他们推断出了明文字母c、h、t的代替规律，并得到了一个飞跃性的成果，即所有带音调符号的元音字母都代表明文字母e。从这一结论出发，他们确定了90个密文符号中的50个符号的代替规律。

破译戈比埃尔密码的另一大飞跃是关于文本的切分，比如在下面一段话中，问号代表各种未被破译的字符：?GEHEIMER? UNTERLIST? VOR? DIE? GESELLE? ERDER? TITEL? CEREMONIE? DER? AUFNAHME.

这段话一看就是德语，通过这段话，破译团队发现不带音调符号的罗马字母都代表空格。团队还发现，冒号并不代表一个特定的字符，而是代表将前一个字母重复一次。此外，通过一些部分破译的单词，如

“+AFLNER” “+NUPFTUCHS” “GESELL+AFT”，团队发现加号代表字母组合“sch”。最终破译的手稿内容是关于眼科医生入会仪式的细节，这些眼科医生隶属于弗里德里希·奥古斯特·冯·菲特海姆伯爵。这本书还详细描述了共济会的典礼。其中的一段写道：“所有现任成员拿着蜡烛，围绕着即将入会的人，在持续的催促、安慰与鼓励中，典礼的主持者？？用小镊子拔下一根眉毛。（？？代表尚未破译的单词）”

# 朵拉贝拉密码

**作曲家爱德华·埃尔加给一位比他小 20 岁的女士写了一段留言。这段话至今依然令密码破译者们琢磨不透。**

1897 年 7 月，英国作曲家埃尔加和他的夫人爱丽丝应邀来到伍尔弗汉普顿教区拜访阿尔弗雷德·佩尼教士。临走前，埃尔加写了一封信感谢佩尼一家的招待，信中还附上了一段写给佩尼的女儿朵拉的留言。这段留言是用密码写成的，至今无人能给出令人满意的解读。

## 了解这种密码

这段密文包含 87 个字符，其中不重复的有 24 个。每个符号都是由若干连在一起的半圆形组成，并朝向 8 个方向中的一个。朵拉本人表示她无法解读出任何隐藏的信息，而埃尔加也从未公布过这段留言的真实内容。朵拉于 1937 年写了一本介绍自己生平的书，埃尔加的这段留言就是在这本书中被公布的。埃尔加和朵拉后来一直保持朋友关系，直到埃尔加去世。埃尔加甚至还将他的作品《谜语变奏曲》中的一段命名为“朵拉贝拉”。

破译朵拉贝拉密码的最大挑战在于它太短了。从不重复的符号数量我

们可以推测，它应该是一种简单的代替密码，但即便如此，这么短的密文也无法使用频率分析。以贾维亚·亚当斯（Javier Atance）为首的一些密码破译者认为，这种密码代表的根本不是文字，而是一张加密的乐谱，其中符号的方向代表音符，而半圆的数量则代表自然音、升半音或降半音。

对破译者的另一个挑战是，在埃尔加自己的作品中，他经常使用一些没意义的词，以及异位词和不寻常的拼写方法。至今为止，最被认可的解读是由音乐理论家埃里克·山姆斯做出的。山姆斯于1970年在《音乐时代》杂志上发表了一篇题为《埃尔加写给朵拉贝拉的密码信》的文章，他指出，埃尔加使用了包括代替、音素和希腊字母等多种方法来隐藏他的消息。他的观点在逻辑上并不充分，但他解读出的明文看上去还比较靠谱：“开始：欢乐！它是混沌的，像一条斗篷隐藏我的新字母：A、B……下面：我拥有漫漫长夜，让E.E.因与你分别而叹息。”

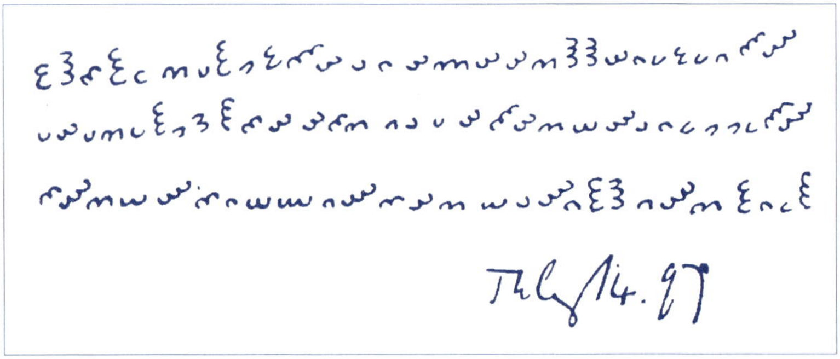

埃尔加写给朵拉的留言，至今无人能给出令人满意的解读。

山姆斯还指出，朵拉贝拉密码是寻找埃尔加《谜语变奏曲》的隐藏主题的关键，这一主题至今尚未被发现。2007 年，埃尔加学会为纪念其 150 周年诞辰发起了一次朵拉贝拉密码的解读比赛，奖金为 1500 英镑，但没有任何解读具有足够的说服力来赢得这一奖金。

对于这一密码的解读还有其他观点，比如有人认为朵拉贝拉密码是一种“猪圈密码”，在这种密码中，字母被替换成一些符号，这些符号代表原来的字母在一张表格中的位置。多年后找到的埃尔加的笔记本中的一篇笔记可以支持这一观点，但尽管这篇笔记中也使用了同样的符号，可是用这种方法来解读朵拉贝拉的密文却一无所获。托尼・加弗尼用笔名简・鲍尔默发表了一篇文章，指出埃尔加的这条留言使用了猪圈密码，但同时又使用了很多异位构词和音素，按照这些线索，可以解读出一段有点不知所云的文字：“B (Bella) hellcat i.e. war using ?? hens shells is why your antiquarian net diminishes hem sorry you theo oh 'tis God then me so la do e (Elgar) adieu.”这段解读也被称为“悍妇（hellcat）解读”，至于到底是不是正确答案，只能留给大家自己去猜了。

# THE GREAREST CODES

# 4 电报时代

# THE AGE OF TELEGRAPHY

## 电子密码

美国第三任总统托马斯·杰斐逊发明了一种密码筒——即便不是他发明的，也是他让这种装置变得家喻户晓的。这种密码筒也许是密码学进入机械时代之前最后的挣扎，它的结构比较简单，使用了多表密码，在那个时代，要确保信息安全，多表密码已经是必备方案了。19世纪末的工业革命不仅为制造业和农业带来了变革，机械化的发展也同时推动了加密和破译技术的进步。从某种意义上说，这些变革所带来的好处是前所未有的。强大的海军控制着海上航线，商业活动也逐渐迈向全球化，那些商界巨头们发现，谁能抢先一步掌握市场信息，谁就能获得更大的财富。

18世纪和19世纪还见证了人们对电和磁的进一步认识，通过奥斯特、安培、法拉第、麦克斯韦的努力，电和磁作为自然力最终得到了统一。电动机的发明更加速了社会的进步，这意味着人们的商业活动能够走出自家的一亩三分地，迈向更广阔的世界。与此同时，人们也更迫切地需要一种更安全的通信手段。

19 世纪末到 20 世纪初，业余密码破译者开始被时代所淘汰，因为人们已经可以设计出单枪匹马的破译者所无法破译的密码。在那个年代，良好的耐心是任何优秀破译者所必需的基本素质，因为很多密码都已不再是简单的置换，破译这些密码需要大量的分析和检查工作。外语也很重要，特别是在战争期间，敌军的消息很可能不是用破译者的母语来传递的。语言学能力也很有用，因为很多破译密码的方法都需要推测候选单词和短语。在某些情况下，这种语言学能力还必须是古代的而不是现代的，因为很多碑文或石刻都是用早已失传的字母和文字书写的。

随着电报和商用电码在全世界的普及，数学能力也变得越来越关键。以前人们使用密码本中的词汇表来设计密码，现在人们则开始用数字来代表字母，并通过数学算法来变换这些数字，让人无法捉摸。于是，数学家一下子就成了抢手的人才。贸易和战争的全球化，使得密码设计者与密码破译者之间的战争也进一步升级。

齐默尔曼密电（见第 135 ～ 137 页）的破译以一种前所未有的方式改变了战争的进程。当欧洲战场陷入胶着之际，原本坚持中立的美国发现德国计划勾结墨西哥侵占美国的领土。随着世界对战争的重新认识，以及对安全传送敏感和机密信息的需求不断提升，数学手段也变得越来越重要。后来，人们发明了一次性密码本（见第 137 ～ 139 页），吉尔伯特·弗纳姆从数学上证明，在正确使用的前提下，任何人都无法破译这种密码，这从根本上为密码破译技术画上了句号。然而事实果真如此吗？

## 重合指数

重合指数衡量的是从一篇文章中随机选取两个字母，这两个字母恰好相同的概率。如果一篇文章的长度为 $N$ 个字母，其中字母“a”出现的次数为 $n_a$，那么从整篇文章中选取出字母“a”的概率为 $n_a/N$。如果我们从同一篇文章中再选取第二个字母，那么这个字母是“a”的概率为 $(n_a-1)/(N-1)$。于是，两次选取的字母恰好都是“a”的概率就是前面两个概率的乘积。将所有字母的概率相加，我们就可以计算出整个字母表的重合指数（IC）。

$$\mathrm{IC} = c \times \left( \left( \frac{n_a}{N} \times \frac{n_a - 1}{N-1} \right) + \left( \frac{n_b}{N} \times \frac{n_b - 1}{N-1} \right) + \cdots + \left( \frac{z}{N} \times \frac{n_z - 1}{N-1} \right) \right)$$

其中 c 为常数，代表字母表中字母的数量，一般为 26。

通过频率分析法（见第 30 ~ 35 页）我们可以知道，在一种语言中，每个字母出现的频率是不同的。如果所有字母的出现频率相同，那么重合指数应该为 1。然而，我们发现每种语言的重合指数都是不同的，因为不同语言中出现频率最高的字母不同。于是，密码学家威廉 · F. 弗里德曼（William F Friedman）提出了重合指数，并给出了主要语言的重合指数值：

| 语言 | 重合指数 |
|---|---|
| 英语 | 1.73 |
| 法语 | 2.02 |
| 德语 | 2.05 |
| 意大利语 | 1.94 |
| 葡萄牙语 | 1.94 |
| 俄语 | 1.76 |
| 西班牙语 | 1.94 |

语言的重合指数看起来只是一种有趣的统计，但这种统计对于密码破译到底有什么帮助呢？弗里德曼发现，重合指数对于密码破译来说有着巨大的潜在价值。

| 第一篇文章中的字母 | 第二篇文章中相同位置上的字母 | 概率 |
|---|---|---|
| x | x | 80% × 80%=64% |
| x | y | 80% × 20%=16% |
| y | x | 20% × 80%=16% |
| y | y | 20% × 20%=4% |

假设某种语言的字母表里只有两个字母——“x”和“y”。在这种假想的语言中，“x”是出现最多的字母，其出现频率为 80%，那么“y”的出现频率就是 20%。现在我们有两篇用这种语言写成的文章，那么这两篇文章应该满足下面的规律：

在两篇文章中，在同一位置恰好出现两个相同字母的概率为 64% + 4% = 68%。

如果两篇文章是用同一种代替密码来加密的（即 X → Y，Y → X），那么我们得到的概率依然是一样的。如果只有其中一篇文章被加密（假设是第一篇），而另一篇文章没有加密，那么我们所得到的概率就会不同。

在这种情况下，在同一位置恰好出现两个相同字母的概率为 16% + 16% = 32%。

我们可以利用这种差异，再加上重合指数来破译多表密码。如果一篇文章是用多表密码加密的，那么我们很难知道其中到底使用了多少套不同的换字表。不过，我们将密文拆分成等长的片段（从长度 2 开始），并将这些片段排列成若干列。例如，对于密文 JPJDRSKZBASETRAXKJ，我们可以按照下表进行拆分：

| 可能的换字表数量 | 2 | 3 | 4 | 5 | 6 |
|---|---|---|---|---|---|
| | JP | JPJ | JPJD | JPJDR | JPJDRS |
| | JD | DRS | RSKZ | SKZBA | KZBASE |
| | RS | KZB | BASE | SETRA | TRAXKJ |
| | …… | …… | …… | …… | …… |

我们可以对每一列计算重合指数，其中应该有一列的重合指数与弗里德曼给出的各种语言的重合指数值非常接近。由此我们就可以推测出加密过程中所使用的换字表数量，接下来我们要做的就是用传统的频率分析法来找出置换规则。关于这种方法的详细解释，可以参见弗里德曼的论文《重合指数及其在密码分析中的应用》。

## 杰斐逊密码筒

**这是一种结构简单的圆筒，上面带有可转动的圆环。这种装置在历史上被发明过很多次，其中一种是美国第三任总统托马斯·杰斐逊发明的，它使用多套换字表来加密信息。**

在世界发明史上，经常出现几个人各自独立发明了同一种东西的例子，这种圆筒形加密装置就是其中之一。

1790 至 1793 年，托马斯·杰斐逊，也就是后来的美国第三任总统，担任乔治·华盛顿的国务卿。在此期间，他设计了一种由若干可转动的圆环构成的密码装置。这种装置可以将明文消息中的每一个字母替换成其他字母。

100 多年后的 1901 年，法国密码分析专家艾蒂安·巴泽里出版了一部名为《破译神秘数字》的著作。在这部著作中，他详细描述了一种与杰斐逊的密码筒几乎完全相同的装置，并把这个装置的图示画在了书的封面上，他声称这个装置是自己发明的。巴泽里的密码筒相比杰斐逊的设计有一个重要的改进——发送和接收消息的双方可以根据事先约定的密钥改变密码筒上圆环的排列顺序。

COMMANDANT BAZERIES

LES

CHIFFRES SECRETS

DÉVOILÉS

ÉTUDE HISTORIQUE SUR LES CHIFFRES

APPUYÉE DE DOCUMENTS INÉDITS

TIRÉS DES DIFFÉRENTS DÉPÔTS D'ARCHIVES

PARIS

LIBRAIRIE CHARPENTIER ET FASQUELLE

EUGÈNE FASQUELLE, ÉDITEUR

11, RUE DE GRENELLE, 11

1901

Tous droits réservés

艾蒂安·巴泽里的著作《破译神秘数字》中展示的巴泽里密码筒。尽管巴泽里宣称这种装置是他发明的，但实际上托马斯·杰斐逊早在100多年前就已经做出过相同的设计。

13年后，美军上校帕克·希特也发明了这种密码筒，并在此基础上开发出了美军M-94密码装置。希特上校说他从未了解过巴泽里和杰斐逊的装置，而且巴泽里也没有在他的著作中提到过杰斐逊，看来真的是英雄所见略同。

由于这种密码筒使用了多达36套换字表，因此它对于频率分析法来说是一块难啃的骨头。因为换字表的数量越多，破译者就需要越长的密文才能有效使用频率分析法。当然，如果有人恰好搞到了一只杰斐逊密码筒，那么他就可以窃取使用该密码筒发送的所有消息，因为杰斐逊密码筒上的圆环排列顺序是固定不变的。

巴泽里的设计更复杂，但它也有弱点，即它的偏移量，也就是明文字母转换成密文字母所需要转动的圈数对于每一个圆环都是相同的，而与圆环在转轴上的排序顺序无关。如果破译者掌握了一些抓手，例如消息开头“尊敬的总统先生”之类的问候语，就可以在此基础上破译密码。破译者可以制作一张表格，对每个圆环进行编号，并统计每个圆环上每

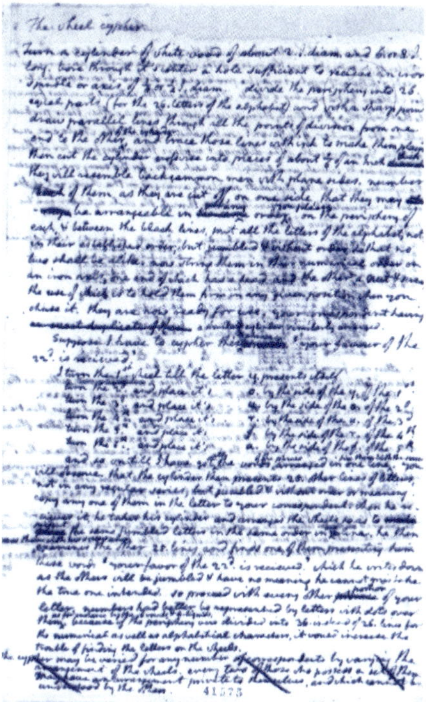
The wheel cypher

美国前总统托马斯·杰斐逊留下的关于密码筒的笔记。这是他在1790到1793年设计的。经过其他人的若干次改良之后，这一装置最终被美军采用。

组明文字母和密文字母之间的偏移量，而实际的偏移量很有可能就是表格中重复出现次数最多的数字。接下来，破译者可以丢弃所有其他的数字，然后重新排列表格中各列的顺序，直到这个偏移量值完全沿对角线排列，这时我们就得到了圆环的排列顺序。

M-94密码筒以希特上校的设计为基础，它包含25个铝制的圆环，可以按任意顺序安装在一个铝制的转轴上，每个圆环上都包含按乱序排列的26个字母。圆环可能出现的排列方式非常多（多达25的阶乘，也就是 $1.5511210043331 \times 10^{25}$ 种），这意味着M-94是一种安全性很高的战地密码设备。M-94在1922年被正式启用，美国海军在1926年也采用了另一个特别版本。然而，即便密钥的数量十分巨大，只要得到足够的密文，这种密码依然可以破译。尽管如此，直到二战时期，M-94依然被美军广泛使用。

## 使用这种密码

根据杰斐逊关于如何制作和使用密码筒的笔记，这种装置的制作方法如下：取一根长 15 ~ 20 厘米、直径 5 厘米的圆柱形木棒，从中心位置沿水平方向钻一个孔。在木棒表面沿水平方向画平行线将其分为 26 等份，然后沿垂直方向将木棒切割成 26 个宽约 4 毫米的圆环，将每个圆环编上号，并在上面按乱序刻下 26 个字母，且每个圆环上的字母排列顺序均不同。最后，将圆环按编号顺序固定在一个金属转轴上。

在加密时，发送者转动圆环，使明文消息在密码筒上排成一列。然后，发送者从剩余 25 列中任选一列，将这一列的字母按顺序写下来发送给接收者。接收者必须拥有一个完全相同的密码筒，他按照接收到的密文转动密码筒，使密文排成一列，然后检查剩余 25 列，就可以从其中一列找到可以读懂的消息内容。

# 莫尔斯码

**由“嘀”和“嗒”组成的 SOS 求救信号已经家喻户晓，但它背后还隐藏着鲜为人知的故事。这个故事要从 19 世纪上半叶的一次丧亲之痛说起。**

如果问“嘀嘀嘀，嗒——嗒——嗒——，嘀嘀嘀”代表什么意思，很多人都能很快回答出，这是无线电中的SOS求救信号。然而，塞缪尔·莫尔斯的初衷并不是这样。

莫尔斯的职业是肖像画家，他对于电码的兴趣也与他的职业有一定关系。1825年，在外地工作的莫尔斯收到一封信，信中说他的妻子生了重病。不幸的是，当他赶到家的时候，妻子已经去世并被安葬了。莫尔斯认为，一定有一种方法能够让长途通信变得更加快捷。

莫尔斯曾在耶鲁学院学习过电学课程，他想电学也许可以为提高消息的传递速度提供一种解决方案。在看过电磁方面的实验之后，莫尔斯提出了一种单线电报，并申请了专利。现在我们印象中的电报是由报务员用耳机来收听莫尔斯码，但最早的电报是在匀速卷动的纸带上打孔，然后报务员再根据纸带上的孔对信息进行解码。

莫尔斯的一位年轻助手艾尔弗雷德·韦尔帮助他解决了这个系统中的一些实用性问题。1838年1月，莫尔斯和韦尔在新泽西州莫里斯敦的一幢

塞缪尔·莫尔斯（1791—1872）发明了电报，掀起了19世纪的通信革命。

1844 年，莫尔斯在华盛顿和巴尔的摩之间的电报线路正式开通时发送的一封电报。这条线路的长度约 60 公里。

房子里首次演示了用莫尔斯码来发送消息。5 年后，美国国会批准了华盛顿国会大厦到马里兰州巴尔的摩市克莱尔山车站之间的电报线路建设项目，这条线路长约 60 公里，耗资 3 万美元。

1844 年 5 月 24 日，这条电报线路正式启用，莫尔斯通过这条线路向位于另一端的韦尔发送了一条著名的消息：“上帝创造了什么”。

莫尔斯的成功推动了美国电报网络的迅速发展。截至 1951 年，美国已经有 10 家电报公司，电报线路从纽约连接到费城、水牛城和波士顿，总长度超过 3 万公里。

19 世纪五六十年代，电报公司之间发生了大规模的兼并。1861 年，连接加州到东海岸的第一条横跨大陆的电报线路开通，彻底结束了驿马快信的时代。1866 年，西联一跃成为美国最大的电报公司。

解读用莫尔斯码编写的消息非常简单，因为莫尔斯码是一种公开标准，任何了解其编码规则的人都可以对消息进行解码。然而，莫尔斯码的真正威力在于它可以和其他加密方法配合使用，原始消息可以在发送之前就做好加密，只有接收者才知道如何解密。

## 使用莫尔斯码

塞缪尔·莫尔斯原本的设想是用一种特殊的电码本或词典来编码消息，当然，这样做的目的并不是为了隐藏消息的内容，而是为了提高发送速度。发送者先从电码本中查找要发送的单词，找出这个单词对应的数字编码，然后将该编码用电报发送出去，接收者再根据收到的编码进行解码。

韦尔认为这种设计在实际使用中很慢也很困难，因此他提出了一些改进方案，包括使用电键发报，以及使用美式莫尔斯码表来替代电码本。莫尔斯发送“上帝创造了什么”时，用的就是韦尔的方案。

美式莫尔斯码包含9种不同长度的“嘀”（短信号）、“嗒”（长信号）和空白，用来编码不同的字母、数字和符号。这种编码为字母间、单词间和句子间的间隔规定了不同长度的空白，以帮助报务员进行区分。随着电报网络在北美洲、拉丁美洲和欧洲的扩张，这种编码也随之推广开来。

我们现在所知道的莫尔斯码，尤其是其中的SOS信号，主要是由德国电报先驱弗里德里希·克莱门斯·格克所设计的版本。格克对原来的编码进行了简化，减少了“嗒”信号长度的种类，并为出现频率较高的字母赋予较短的编码，他的方案最终于1865年被确定为国际标准。19

世纪末，随着无线电报的发展，莫尔斯码也开始被大规模地使用。

## 普莱费尔密码

**这种密码的发明人认为它简单到连小学生都会用，但它曾经在英布战争和第一次世界大战期间被英国军方所采用。**

查尔斯·惠特斯通爵士是一位英国发明家，也是电和电报的先驱者之一。他与威廉·库克一起设计了历史上第一个商用电报系统。

惠特斯通还对密码很感兴趣，他花了大量的时间与在伦敦的一位朋友研究和讨论密码，这位朋友名叫莱昂·普莱费尔，是一位苏格兰科学家以及自由主义政治家。他们最喜欢的一种消遣活动，就是破译刊登在《泰晤士报》个人广告版面的那些密码。惠特斯通还发明了一种自己的密码，由于他的朋友普莱费尔曾帮助他进行

查尔斯·惠特斯通爵士(左)与莱昂·普莱费尔(右)。他们为20世纪密码的商用做出了贡献。

推广，因此后来人们都管它叫“普莱费尔密码”。

普莱费尔密码能够隐藏单个字母的频率，因为同一个明文字母会被替换成不同的密文字母，这意味着常规的频率分析是无效的，但双字母组合频率分析还是有效的。普莱费尔密码的一大特征是它不会连续出现两个相同的字母，因为连续两个相同的字母之间一定会插入一个空字符，且字母 I 或 J 是不使用的。

## 使用这种密码

多萝西·L. 塞耶斯在她的彼得·温西勋爵系列小说《寻尸》中使用过普莱费尔密码。

“你选择一个关键词，长度至少 6 个字母，且字母不能重复，比如 SQUANDER。然后画一张 5×5 的表格，把关键词写在表格里……然后用字母表中除关键词中已经出现过的字母之外的字母，按顺序填满整张表格……

“现在，我们找一条消息……‘All is known, fly at once（一切都已被发觉，立即撤离）’……将消息从左至右拆分成每两个字母一组。消息中不能连续出现两个相同的字母，如果遇到这种情况，需要在两个字母之间插入一个 q 或者 z 或者其他字母……

“于是我们的消息变成了这样：al ql is kn ow nf ly at on ce。

“如果末尾出现一个单字母怎么办?

“那我们需要在末尾加上一个 q 或者 z 或者其他字母来填充它。

“先看第一组：al。我们把这两个字母在表格中的位置想象成一个长方形的两个对角，于是另外两个对角上的字母就是 s 和 p，所以 sp 就是我们密文的前两个字母。以此类推，ql 就变成了 sm，is 就变成了 fa。”

| S | Q | U | A | N |
|---|---|---|---|---|
| D | E | R | B | C |
| F | G | H | IJ | K |
| L | M | O | P | T |
| V | W | X | Y | Z |

如果一组中的两个字母恰好位于同一列，比如 ap，这时我们就使用它们下方的两个字母，也就是 by。如果两个字母恰好位于同一行，比如 mp，那我们就使用它们右方的两个字母，也就是 ot。密文可以以任意长度分组，还可以随机加入标点符号。接收者只要将字母拆分成两个一组，再反向查表就可以得到明文了。

## 博福特密码

**这是一种由一位著名海军将领发明的密码，用来在他的日志和信件中隐藏其家族秘密。**

弗朗西斯·博福特，1774年生于爱尔兰。他13岁离开家开始航海生涯，并参加了拿破仑战争。1806年，他发明了一种风力表，根据在不同强度的风中船员需要升起多大面积的帆来控制船的航行，将风力分成不同的级别。30多年后，这种风力表被英国海军正式采用，博福特的名字也得以流传至今。

博福特密码则是在他去世之后才被公众所知的，他的儿子威廉出版了一种售价6便士，大小为11.4厘米 ×13厘米的硬纸卡。这种卡叫作“密码：一种秘写系统——用于电报和明信片”。实际上，这种系统早在150多年前就已经由乔瓦尼·塞斯特里提出了，但一直没有被人们重视，因此它还是被冠以了博福特的名字。

博福特密码与维热纳尔密码十分相似，这意味着用来破译维热纳尔密码的方法也同样适用于博福特密码。博学家查尔斯·巴比奇是博福特的朋友，他对密码破译很感兴趣，并且早在1831年，甚至更早的时候就已经发现了能够破译维热纳尔密码等多表密码的守恒定律法。

可以肯定的是，1853年，巴比奇就已经能够通过破译多组相关的单表密码来破译任意维热纳尔密码。这种方法在今天一般被称为卡西斯基分析（见第147页），这一名称来自弗里德里希·卡西斯基，他独立发现了这一方法并于1863年出版了相关的著作。

## 使用这种密码

博福特设计的这种密码是一种修改版的维热纳尔密码（见第76页）。

和维热纳尔密码一样，博福特也使用了一张方表，四条边上按顺序排列26个字母。假如我们要加密的明文是“Meet me at the Eiffel Tower（在埃菲尔铁塔和我见面）”，并且选择“hurricane（飓风）”作为密钥。

| A | B | C | D | E | F | G | H | I | J | K | L | M | N | O | P | Q | R | S | T | U | V | W | X | Y | Z | A |
|---|---|---|---|---|---|---|---|---|---|---|---|---|---|---|---|---|---|---|---|---|---|---|---|---|---|---|
| B | C | D | E | F | G | H | I | J | K | L | M | N | O | P | Q | R | S | T | U | V | W | X | Y | Z | A | B |
| C | D | E | F | G | H | I | J | K | L | M | N | O | P | Q | R | S | T | U | V | W | X | Y | Z | A | B | C |
| D | E | F | G | H | I | J | K | L | M | N | O | P | Q | R | S | T | U | V | W | X | Y | Z | A | B | C | D |
| E | F | G | H | I | J | K | L | M | N | O | P | Q | R | S | T | U | V | W | X | Y | Z | A | B | C | D | E |
| F | G | H | I | J | K | L | M | N | O | P | Q | R | S | T | U | V | W | X | Y | Z | A | B | C | D | E | F |
| G | H | I | J | K | L | M | N | O | P | Q | R | S | T | U | V | W | X | Y | Z | A | B | C | D | E | F | G |
| H | I | J | K | L | M | N | O | P | Q | R | S | T | U | V | W | X | Y | Z | A | B | C | D | E | F | G | H |
| I | J | K | L | M | N | O | P | Q | R | S | T | U | V | W | X | Y | Z | A | B | C | D | E | F | G | H | I |
| J | K | L | M | N | O | P | Q | R | S | T | U | V | W | X | Y | Z | A | B | C | D | E | F | G | H | I | J |
| K | L | M | N | O | P | Q | R | S | T | U | V | W | X | Y | Z | A | B | C | D | E | F | G | H | I | J | K |
| L | M | N | O | P | Q | R | S | T | U | V | W | X | Y | Z | A | B | C | D | E | F | G | H | I | J | K | L |
| M | N | O | P | Q | R | S | T | U | V | W | X | Y | Z | A | B | C | D | E | F | G | H | I | J | K | L | M |
| N | O | P | Q | R | S | T | U | V | W | X | Y | Z | A | B | C | D | E | F | G | H | I | J | K | L | M | N |
| O | P | Q | R | S | T | U | V | W | X | Y | Z | A | B | C | D | E | F | G | H | I | J | K | L | M | N | O |
| P | Q | R | S | T | U | V | W | X | Y | Z | A | B | C | D | E | F | G | H | I | J | K | L | M | N | O | P |
| Q | R | S | T | U | V | W | X | Y | Z | A | B | C | D | E | F | G | H | I | J | K | L | M | N | O | P | Q |
| R | S | T | U | V | W | X | Y | Z | A | B | C | D | E | F | G | H | I | J | K | L | M | N | O | P | Q | R |
| S | T | U | V | W | X | Y | Z | A | B | C | D | E | F | G | H | I | J | K | L | M | N | O | P | Q | R | S |
| T | U | V | W | X | Y | Z | A | B | C | D | E | F | G | H | I | J | K | L | M | N | O | P | Q | R | S | T |
| U | V | W | X | Y | Z | A | B | C | D | E | F | G | H | I | J | K | L | M | N | O | P | Q | R | S | T | U |
| V | W | X | Y | Z | A | B | C | D | E | F | G | H | I | J | K | L | M | N | O | P | Q | R | S | T | U | V |
| W | X | Y | Z | A | B | C | D | E | F | G | H | I | J | K | L | M | N | O | P | Q | R | S | T | U | V | W |
| X | Y | Z | A | B | C | D | E | F | G | H | I | J | K | L | M | N | O | P | Q | R | S | T | U | V | W | X |
| Y | Z | A | B | C | D | E | F | G | H | I | J | K | L | M | N | O | P | Q | R | S | T | U | V | W | X | Y |
| Z | A | B | C | D | E | F | G | H | I | J | K | L | M | N | O | P | Q | R | S | T | U | V | W | X | Y | Z |
| A | B | C | D | E | F | G | H | I | J | K | L | M | N | O | P | Q | R | S | T | U | V | W | X | Y | Z | A |

在加密时，我们从四边的粗体字中任意选一边找到明文的第一个字母，在我们的例子中就是M。接下来，我们顺着行或列在表中找到密钥的第一个字母，也就是H，然后我们转90度，再顺着行或列一直找到对应的外圈粗体字母，也就是V，这就是我们的密文字母了。完整的消息

加密后的结果见下表。

| 明文 | m | e | e | t | m | e | a | t | t | h | e | e | i | f | f | e | l | t | o | w | e | r |
|---|---|---|---|---|---|---|---|---|---|---|---|---|---|---|---|---|---|---|---|---|---|---|
| 密钥 | H | U | R | R | I | C | A | N | E | H | U | R | R | I | C | A | N | E | H | U | R | R |
| 密文 | V | Q | N | Y | W | Y | A | U | L | A | Q | N | J | D | X | W | C | L | T | Y | N | A |

解密消息的方法与加密完全一致，因此博福特密码属于一种“对等密码”。上面介绍的加密方法称为“真博福特密码”，还有一种“变体博福特密码”。这种密码的加密方法是先从外圈粗体字母中找到密钥的第一个字母，然后再从表中找到明文的第一个字母。

# 历史上的密码破译者：奥古斯特·柯克霍夫

我们今天所知的所有计算机安全系统都离不开荷兰语言学家奥古斯特·柯克霍夫的贡献，尽管在当时他并没有意识到自己观点的重要性。

奥古斯特·柯克霍夫，1835 年生于荷兰，曾就读于比利时列日大学，后来移居法国默伦，成为一位现代语言教师。1873 年，柯克霍夫加入法国国籍。1878 年，他加入巴黎高等商业研究学院（HEC）成为一位德语教授。

他所提出的“柯克霍夫原则”闻名至今。这些观点最早出自他用法语撰写的两篇题为《军事密码学》的学术论文。它们于 1883 年发表在《军事科学期刊》上，但没有人知道他为什么要发表这些论文。

柯克霍夫的论文介绍了很多历史上经典的加密方法，这些方法在本书中也有所提及。此外，柯克霍夫还提到了军事密码设计中的六条基本原则，他称之为六大“必要条件”，后来人们称之为“柯克霍夫原则”。这六条原则的内容如下：

1. 系统即使不是数学上的不可破解，也应在实用程度上无法破解；
2. 系统本身的设计不需要保密，即使落入敌人手中也不应造成问题；
3. 密钥必须不需要通过书写即可进行交流和记忆，通信双方必须可以随时更改密钥；

4. 系统必须可用于电报通信；

5. 系统必须便携，只需要一个人即可操作；

6. 系统必须容易使用，不会令用户在使用时感到疲惫，也不需要用户记住和遵守一长串规则。

随着计算机技术的发展，柯克霍夫的部分原则，具体来说就是最后三条原则，在现代世界中已经不再适用了。

柯克霍夫对不可破译性（第一原则）以及密钥可更改（第三原则）的重要性做出了解释："举个例子，一座城市被包围，守城的指挥官要给友军发出消息请求救援。如果有人成功破译了截获的消息，那么每条用相同密钥加密的新消息，一旦被截获就可以被立即破译。"

第二原则至今仍然十分重要，我们所说的"柯克霍夫原则"一般特指这条原则。后来，美国密码学家克劳德·香农重新阐述了这条原则："敌人了解系统"。这句话又被称为"香农箴言"。

柯克霍夫原则在现实中的意义是，即使别人知道了密码机或密码算法的设计，只要他不知道密钥，就不会对该密码的安全性造成威胁。有一个著名的例子，马里安·雷耶夫斯基曾破解了早期恩尼格码密码机（见第 154 ~ 156 页）的线路和设计。他在波兰情报局工作期间，依靠高等数学技术推导出了密码机的工作原理。

然而，即便知道了密码机的设计原理，波兰人要破译加密的消息依然十分困难，因为他们不知道用于设置密码机的密钥。

我们今天所使用的所有加密技术基本上都遵循柯克霍夫原则。

# 联邦军路径密码

**这种密码在长达 4 年的美国南北战争中扮演了重要的角色。**

美国南北战争于 1861 年爆发，当时电报在美国已经十分普及。相比莫尔斯的时代，电报网络的规模已经显著扩大，总里程已达到 10 万公里。

1861 年 4 月，作为北方联邦军一员的俄亥俄州州长找到西联电报公司的高层负责人安森·斯塔格，请他帮忙设计一种能够与盟友进行保密通信的方法。斯塔格设计了一种密码，后来人们称之为“联邦军路径密码”。这种密码的成功让斯塔格于同年晋升为军事电报部门的领导。如果关于南北战争的报道可信的话，那么南方政权自始至终都未能破译这一密码，而该密码的运用很可能对北方政权取得胜利起到了辅助作用。

破译这种置换密码的方法直到南北战争结束 10 年之后才被发明出来。这种被称为“多重异位构词法”的方法需要两份用相同方法加密的密文。

我们来想象一个简单的置换密码，这种置换密码仅适用于 6 个字母的单词。首先将单词中的字母按 1→4→6→2→5→3（→1）进行换位。经过加密之后，STAGER 就变成了 ARESTG，而 SUMTER 就变成了 MRESUT。

假设我们截获了 ARESTG 和 MRESUT 这两段密文，并猜测 ARESTG 对应的明文有可能是 GRATES，这意味着换位规则是 1→6→4→5→3→1（第 2 个字母不动）。如果我们按这个规则来解密 MRESUT，得到的单词是 TRMUES，这不是一个可辨认的单词，因此我们一开始的猜测可能是错的，需要继续尝试并找到正确的换位规则。这种方法也适用于联邦军路径密码，只不过这种密码中包含很多暗号词，大大提高了破译的难度。

## 使用这种密码

斯塔格发明的这种密码是一种路径密码，它是将每个单词都写在一张表格里，然后按事先定义的路径重新排列单词的顺序。

下面是亚伯拉罕·林肯在南北战争时期发送的一封电报：

**For Colonel Ludlow:**

Richardson and Brown, correspondents of the Tribune, captured at Vicksburg, are detained at Richmond. Please ascertain why they are detained and get them off if you can.

**The President.**

**致路德罗上校：**

《论坛报》记者理查德森和布朗于维克斯堡被捕，现关押于里士满。请查明他们被关押的原因，并尽力解救。

**总统**

我们将这段消息写在一张 7 × 5 的表格中，并在最后加上 3 个填充词：FLOWER、HARPOON 和 CLOWN，这些词通常不会在这种消息中出现。

| FOR | COLONEL | LUDLOW | RICHARD-SON | AND | BROWN | CORRESPON-DENTS |
|---|---|---|---|---|---|---|
| OF | THE | TRIBUNE | CAPTURED | AT | VICKSBURG | AND |
| DETAINED | AT | RICHMOND | PLEASE | ASCERTAIN | WHY | THEY |
| ARE | DETAINED | AND | GET | THEM | OFF | IF |
| YOU | CAN | THE | PRESIDENT | FLOWER | HARPOON | CLOWN |

我们需要和接收者事先确定好路径，比如说从第 1 列开始从下往上，第 2 列从上往下，第 3 列再从下往上，以此类推。按照这个路径将单词重新排列，我们就得到了密文：YOU ARE DETAINED OF FOR COLONEL THE AT DETAINED CAN THE AND RICHMOND TRIBUNE……

为了增加破译难度，这种密码还使用一些暗号词来替换常用词。比如：用 VENUS 替换 COLONEL，用 NEPTUNE 替换 RICHMOND 等。某些词，例如 President Lincoln（林肯总统），则对应多个暗号词，包括 ADAM、BOLOGNA 等。

# 历史上的密码破译者：伊丽莎白·弗里德曼

伊丽莎白·弗里德曼，旧姓史密斯，生于1892年，主修英语专业，但也学习了德语、拉丁语等其他语言。24岁时，在芝加哥纽伯利图书馆工作的伊丽莎白被一位纺织品富商乔治·费边看中，邀请她到自己的实验室工作。这位富商在伊利诺伊州河岸地区建造了一座私立实验室，除了研究化学和遗传学之外，他新设立了一个“密码学部门”。

在河岸实验室，伊丽莎白遇到了遗传学实验室的主任威廉·F. 弗里德曼，两人于1917年结婚。随后，美国与德国开战，费边宣布河岸实验室向政府提供服务。于是，伊丽莎白搁置了她关于莎士比亚的研究，威廉也搁置了他的遗传学研究，两人一起参与到德军电文的破译工作中。

战争结束后，弗里德曼夫妇继续为政府工作。威廉被任命为美国战争部首席密码破译专家，而伊丽莎白则需要从助理的工作做起。

后来，伊丽莎白曾效力于美国海军，随后又转入海岸警卫队等部门工作。这意味着她的工作是对付那些集团犯罪组织。当时的酒类走私集团都会使用加密无线电通信，在伊丽莎白就任的前三年中，她就破译了超过12 000份这样的电文。

1937年，她应加拿大政府的邀请帮其打击一个鸦片走私集团。尽管走私者使用的是她并不懂的语言，但她依然成功破译了走私者的密码。根据她所提供的证据，走私者被判处7年监禁。

伊丽莎白还在“人偶夫人”案中扮演了重要的角色。1937年，维尔瓦里·迪金森和她的日裔丈夫李在纽约麦迪逊大道开了一家古董人偶店，这家店的客人都是有钱的收藏家。就在日本偷袭珍珠港后不久，联邦调查局截获了一封疑似由一个在俄勒冈州波特兰的女人寄往阿根廷布宜诺斯艾利斯的信。这封信是被战争时期信件审查机制发现的，之所以引起了联邦调查局的注意，是因为其用词十分不寻常。联邦调查局还截获了其他4封信，它们的内容都是和人偶有关的，都寄给位于阿根廷的同一个收信人，但因为投递失败而被退回。当联邦调查局找到寄信人时，他们都声称对这些信毫不知情。

其中一封信中有这样一句话：“你说曾经给肖先生（Mr Shaw）寄过信，当我去看望肖先生的时候他毁掉了你的信，你知道他一直在生病，他的车坏了，现在正在修。”根据联邦调查局的档案，伊丽莎白认为这封信中的“肖先生”实际上指的是美国海军驱逐舰“肖”号（USS Shaw DD-373）。这艘驱逐舰在珍珠港受损，现在已经修复并重新服役。

其他几封信中也包含关于美国海军舰艇的信息，比如它们的位置和修理状况。这些信息对于日军都非常重要。专家分析发现，这些信都是由同一台打字机打出来的；而调查也表明，这些寄信人都与迪金森有生意上的来往。当联邦调查局对迪金森进行调查时，发现她持有大量的100

美元纸币。通过追溯发现，其中一部分纸币是在战前与日本高级别领导人的交易中使用过的。

如果迪金森被指控间谍罪，那么她或将面临死刑。然而，当 1944 年这一案件开庭审判时，迪金森被以较轻的“违反审查罪”起诉。她承认那些信是她写的，但这些暗号则是由日本海军武官府的横山一郎在 1941 年时交给她和她丈夫的。最终，她被判处 10 年监禁。

# 商用电码

**早期电报的费用十分昂贵，为了将短语压缩成单词或数字编码以节约电报费用，各种电码本应运而生。**

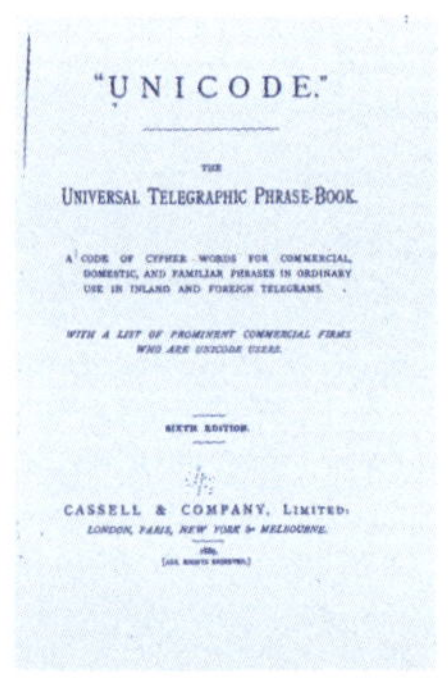
"UNICODE."

THE

UNIVERSAL TELEGRAPHIC PHRASE-BOOK.

A CODE OF CYPHER WORDS FOR COMMERCIAL, DOMESTIC, AND FAMILIAR PHRASES IN ORDINARY USE IN INLAND AND FOREIGN TELEGRAMS.

*WITH A LIST OF PROMINENT COMMERCIAL FIRMS WHO ARE UNICODE USERS.*

SIXTH EDITION.

CASSELL & COMPANY, LIMITED:
*LONDON, PARIS, NEW YORK & MELBOURNE.*

一本商用电码本的封面，它指导读者如何无须使用完整的单词即可进行通信，帮助用户降低电报费。因为19世纪80年代时，发电报是按单词收费的。

1884年，西联电报公司的电报收费标准是每个单词50美分（大约相当于今天的13美元）。詹姆斯·D.里德在他1886年出版的《美国电报以及对莫尔斯的追忆》一书中提到，通过纽约到伦敦之间的跨大西洋线路发送的第一封电报只有短短10个单词，却花费了100美元（相当于今天的2 700美元）。尽管电报价格下降很快，但20多年之后，发一个单词还是需要40美分。面对高昂的电报费用，人们只能尽量缩短消息的长度，同时还要确保意思准确。

成本因素推动了商用电码的发展，商用电码是一本字典，可以用较短的单词来替代较长的短语。在有线电报投入商用的短短几年后，就出现了第一本电码本，接下来几十年中又相继出现了数百种不同的电码本。

除了用于一般通信的电码本，一些行业还编写了专用电码本。这些电码本中包含了专业术语的缩写方法。例如，1896 年克拉夫设计的矿业电码本，1909 年法夸尔为银行家、经纪人和投资者设计的电码系统，以及 1922 年法伦为加州罐装水果行业设计的电码等。

## 破译这种密码

商用电码的主要目的是在发送电报时节约费用，但也有一些电码具有双重目的。它们同时还可以隐藏消息的内容，比如消息中包含的隐私内容或者商业机密。

## 使用这种密码

弗朗西斯·约翰·博尔顿于 1868 年提出了一种电码系统并获得了专利。这种系统是将短语替换成 4 位数字，包含商用词汇以及通用词汇。比如电码 1029 代表“告知我们市场情况”，电码 0217 代表“尽快过来”。

另一种统一码（Unicode）系统则使用事先约定好的拉丁单词来替代短语，并在设计上避免了电报消息中常见的信息误解。比如

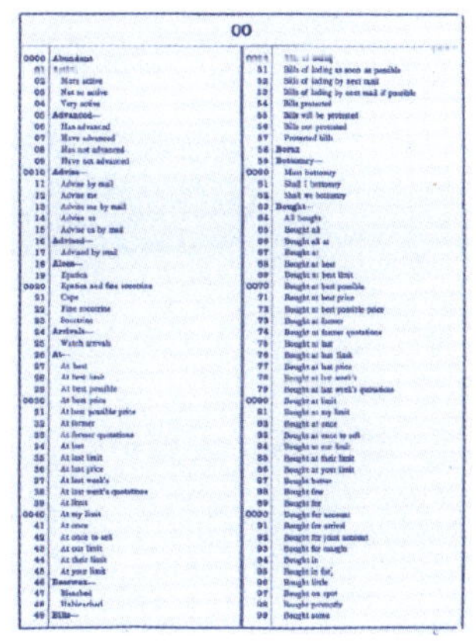

00

| | | | |
|---|---|---|---|
| 0000 | Abundant | 0050 | Bills of lading |
| 01 | Active— | 51 | Bills of lading as soon as possible |
| 02 | More active | 52 | Bills of lading by next mail |
| 03 | Not so active | 53 | Bills of lading by next mail if possible |
| 04 | Very active | 54 | Bills protested |
| 05 | Advanced— | 55 | Bills will be protested |
| 06 | Has advanced | 56 | Bills not protested |
| 07 | Have advanced | 57 | Protested bills |
| 08 | Has not advanced | 58 | Borax |
| 09 | Have not advanced | 59 | Bottomry— |
| 0010 | Advise— | 0060 | Must bottomry |
| 11 | Advise by mail | 61 | Shall I bottomry |
| 12 | Advise me | 62 | Shall we bottomry |
| 13 | Advise me by mail | 63 | Bought— |
| 14 | Advise us | 64 | All bought |
| 15 | Advise us by mail | 65 | Bought all |
| 16 | Advised— | 66 | Bought all at |
| 17 | Advised by mail | 67 | Bought at |
| 18 | Aloes— | 68 | Bought at best |
| 19 | Epatica | 69 | Bought at best limit |
| 0020 | Epatica and fine socotrine | 0070 | Bought at best possible |
| 21 | Cape | 71 | Bought at best price |
| 22 | Fine socotrine | 72 | Bought at best possible price |
| 23 | Socotrine | 73 | Bought at former |
| 24 | Arrivals— | 74 | Bought at former quotations |
| 25 | Watch arrivals | 75 | Bought at last |
| 26 | At— | 76 | Bought at last limit |
| 27 | At best | 77 | Bought at last price |
| 28 | At best limit | 78 | Bought at last week's |
| 29 | At best possible | 79 | Bought at last week's quotations |
| 0030 | At best price | 0080 | Bought at limit |
| 31 | At best possible price | 81 | Bought at my limit |
| 32 | At former | 82 | Bought at once |
| 33 | At former quotations | 83 | Bought at once to sell |
| 34 | At last | 84 | Bought at our limit |
| 35 | At last limit | 85 | Bought at their limit |
| 36 | At last price | 86 | Bought at your limit |
| 37 | At last week's | 87 | Bought better |
| 38 | At last week's quotations | 88 | Bought few |
| 39 | At limit | 89 | Bought for |
| 0040 | At my limit | 0090 | Bought for account |
| 41 | At once | 91 | Bought for arrival |
| 42 | At once to sell | 92 | Bought for joint account |
| 43 | At our limit | 93 | Bought for margin |
| 44 | At their limit | 94 | Bought in |
| 45 | At your limit | 95 | Bought in for |
| 46 | Beeswax— | 96 | Bought little |
| 47 | Bleached | 97 | Bought on spot |
| 48 | Unbleached | 98 | Bought promptly |
| 49 | Bills— | 99 | Bought some |

博尔顿 1868 年编写的用于电磁电报消息传送的电码本中的一页。它用 4 位数字来替代通用短语，让发电报变得更快更便宜。

当时的医生经常会发送这样的消息："今日分娩，婴儿夭折，母亲虚弱。"用这个系统就可以缩写成一个单词"AMYLON"。而"今日分娩，双胞胎男孩，母子平安。"则会缩写为"ANCILIUM"。这些暗号词和原始消息之间没有任何联系，但只要发送者和接收者都持有相同的电码本，就可以理解这些单词的意思了。

克拉夫的矿业电码则将常用短语分成不同的组，比如采矿公司名称、行业术语等。"英裔美国人"会被编码为"acquaint"，而"pelecoid"则代表"公司总部在哪？"。也就是说，用一个词就可以代表一句话。

大卫·卡恩在他的经典著作《破译者》中讲述了美国最高法院曾审理的一个起诉西联电报公司的案子，这个案子与商用电码有关。一个羊毛商人称电报中的一个错误所引发的误导性指示给他造成了 2 万美元的损失。最高法院最终判决电报公司赔偿 1.15 美元的电报费。

## Q 码与 Z 码

**即使有了无线电报，船与船之间的通信依然十分困难。由此一种比标准莫尔斯码更简短的编码方案应运而生。**

从19世纪到20世纪初，莫尔斯码都是最主流的通信编码方案，但有些用户则需要一种更简短的方式来传送消息。英国政府采用了一系列简短编码方案，称为“Q码”，它将常用的消息缩写为以Q开头的3个字母编码，然后这些编码再进一步翻译成莫尔斯码，可以节省时间和费用。

Q码的简洁性对舰船和航空十分有用，因为它们在通信时都会面临信号微弱的困难。截至20世纪70年代，共有超过100种不同的Q码在使用。随着语音通信的发展，莫尔斯码的使用越来越少，Q码也随之退出了大部分领域。

Z码是北约（NATO）采用的方案，它的编码都是以Z开头的。联邦通信委员会的ACP 131(F)文档中包含了Q码和Z码的详细清单，比如编码ZGG代表“友军空中打击部队的呼号是什么？”。

## 破译这种密码

Q码是一种标准化编码，这意味着任何人都可以截获并解读它。跟莫尔斯码一样，Q码也可以在发送前使用另一种方式进行加密。对于这种标准化编码，底层编码方案往往容易被推测出来。例如，如果一艘战舰发送的消息总是以QRA（见下页）开头，窃听者就可以以此为抓手找出这艘战舰的名字在密文中的位置。如果窃听者知道敌军舰队的大致部署，就可以猜测出这艘战舰的名字，从而进一步推测出加密方式。

## 使用这种密码

由英国邮政大臣编写的1909年版《无线电报报务员手册》首先介绍了

Q 码的使用方法，后来又在 1912 年对其进行了标准化改编，具体如下：

相同的编码可以用作提问或者回答，取决于最后是否有一个问号（莫尔斯码· ·-- · ·）。Q 码会被重复三次，然后在一个空白之后，发送相应的回答。

海岸台与船舶之间交换的消息可能会是这样的：

QRA QRA QRA · ·-- · ·

QRA QRA QRA TITANIC

（QRA 在莫尔斯码中的编码是 --·-  ·-·  ·-）

上述电码的含义是：

“你是哪艘船或者海岸台？”

“我是‘泰坦尼克’号。”

这种编码所节省的时间和资源是显而易见的，因为用 Q 码发送这些消息会比用完整的原文少发很多个字符。航空领域至今依然使用 Q 码。国际民航组织标准代码和缩写列表中就包含 Q 码，如 QFE 代表确定机场附近的大气压，QGE 代表确定与塔台之间的距离，QDR 代表确定磁方位。如今，这些代码已经不是用莫尔斯码来传送了，而是通过语音或者航空器的自动发报来传送。

## 历史上的密码破译者：阿格尼丝·迈耶·德里斯科尔（X 夫人）

阿格尼丝·迈耶·德里斯科尔，原名阿格尼丝·梅·迈耶，1889 年生于伊利诺伊州，是美国密码学历史上的一位重要人物。她更为人所知的一个名字是“X 夫人”。这是她在担任密码破译工作期间，她的男同事给她起的绰号。

1918 年之前，美国在军用密码方面研究甚少，但这一局面必须得到改变。德里斯科尔在其中扮演了重要的角色，而她之所以会为军方工作，要从一个法律漏洞说起。

1917 年，德国击沉美国海军舰船，美国加入第一次世界大战，这使得海军的人手开始捉襟见肘。1916 年颁布的《海军法案》中有一句空洞的条款，说海军要招募“可能有能力为海岸防卫从事特殊而有用的工作的人”。这一条款产生了一个意想不到的结果，因为这意味着女性首次被允许应征，尽管她们只能从事事务性工作。

德里斯科尔就是当时响应这一号召的女性之一。1918 年 6 月 22 日，她应征入伍，第一份工作是在邮政和电缆通信检阅室检查信件以找出间谍活动的证据。不到一年，她就被调到了密码与信号科。1919 至 1920 年间，德里斯科尔据说曾在赫伯特·奥斯本·亚德利领导的密码局工作过几个月。这个密码局又被称为美国的“黑室”。

1921 年，德里斯科尔与密码与信号科的负责人威廉·格雷沙姆少校一起设计了一种机械式密码装置，称为“密码机”，简称 CM。其中，德里斯科尔负责设计加密方法，格雷沙姆负责具体的机械设计。这种机器内部有多条印在纸上的换字表，这些换字表通过一根针来移动，且一条换字表的移动会带动其他换字表做相应的移动。不久后的 1923 年，德里斯科尔离开密码信号处，转而协助爱德华·赫本研发一种早期的转轮密码机，但威廉·F. 弗里德曼评估后认为这种密码机有一些缺陷。1924 年，德里斯科尔又回到了密码与信号科。

重返原来的部门之后，德里斯科尔被安排到研究小组，专门负责截获和破译日本的通信密码。她帮助破译的第一种密码被称为“红皮书”。美国海军间谍曾潜入日本领事馆，拍摄了一部密码本的全部照片。这些资料被装在一个红色的文件夹中，因此得名“红皮书”。

1926 年，德里斯科尔成功破译了第一个密钥，接下来的几周时间里，日本的电文都能顺利被解读。后来，日本更换了更复杂的密钥，但德里斯科尔和她的研究小组一直紧跟不舍。

就这样，日本的通信被密码与信号科监听并破译了 4 年，但就在这时，日本突然改变了加密方式，德里斯科尔只得迎难而上。上一次的“红皮书”是基于间谍窃取的密码本来破译的，而这一次则需要从零开始。这种密码的相关资料被存放在一个蓝色的文件夹中，因此又称为“蓝皮书”密码。

万幸的是，日本使用了置换复式加密，这使得德里斯科尔能够以此为线索得到原始的编码。尽管原始编码的数量多达 85 000 种，但经过三年多的努力，德里斯科尔和她的团队终于成功破译了蓝皮书密码。根据破译该密码所得到的线索，日本“金刚”级战列巡洋舰的最高速度为 26 海里 / 时，因此美国对“北卡罗来纳”级战列舰的设计进行了修改，使其最大速度高于“金刚”级战列舰。

直到 20 世纪 30 年代第二次世界大战爆发，德里斯科尔依然在从事密码破译工作，但她所取得的最大成就还是之前对日本海军密码的成功破译。她的工作代表着手工破译的最后辉煌，随着机械纪元的到来，手工破译很快就被掩埋在历史的长河中。

# ADFGX 与 ADFGVX 密码

**德军所使用的这两种密码，被一位业余研究密码学的法国军官成功破译。**

乔治－让·潘万生于 1886 年，毕业于著名的法国巴黎综合理工学院，而后在法国矿业团担任工程师。第一次世界大战期间，他加入法国第六军担任上尉，驻扎在维莱科特雷。1915 年 1 月，潘万向法国黑室寄了一封信，信中包含一些被截获的可疑消息，以及一种可以破译用德军 ABC 密码加密的任意消息的方法，而且只需截获一封密文即可完成破译。

潘万的工作非常有价值，得到了法国国防部长亚历山大·米勒兰的重视，他推荐潘万到黑室工作。经过两周的试用，潘万开始了他长达四年的密码破译生涯。

潘万最大的成就是破译了德军高层于 1918 年 3 月启用的 ADFGX 密码，以及更为复杂的 ADFGVX 密码。

潘万发现德军 ADFGX 密码的密钥是每天更换的，因此他提出，要想破译密码，就需要截获大量来自同一天的电文。他猜测德军的很多电文都是以相同的单词开头，这些相同的单词会以相似的方式进行分离（分离是一种密码学方法，即把一个明文字母转换成多个密文字母）。

即便有了这些线索，手工破译依然十分费时。1918 年 6 月 1 日，黑室截获了一封著名的“胜利电报”。让潘万感到震惊的是，这封电报的电文中出现了以前从未出现过的字母 V。

字母 V 的出现让原本的 25 个格子增加到 36 个。好在幸运之神眷顾潘万，他猜到了这些增加的格子只不过是为了给数字 0 到 9 腾出空间，并且让字母 I 和 J 能够各自独立。

截获 6 月 1 日的电报之后，潘万连续工作了数十个小时，在完成电文破译之后，他晕倒在了床上。破译 ADFGX 和 ADFGVX 密码让潘万身心俱疲，他被迫住院疗养，几个月后才完全恢复。在他住院期间，ADFGVX 密码的破译帮助法国成功化解了德国的春季攻势。

## 使用这种密码

第一步，先画一个波利比乌斯方表（见第 24 页），但索引不用数字，而是用 ADFGX 这几个字母，如下表：

| | A | D | F | G | X |
|---|---|---|---|---|---|
| A | A | B | C | D | E |
| D | F | G | H | I/J | K |
| F | L | M | N | O | P |
| G | Q | R | S | T | U |
| X | V | W | X | Y | Z |

ADFGX 这几个字母并不是随机选取的。这种密码的密文需要用莫尔斯码来编码发送，而这几个字母的莫尔斯码对于报务员来说是不容易混淆的，

即：A 是 · –，D 是 – · ·，F 是 · · – ·，G 是 – – ·，X 是 – · · –。

假如我们要加密的消息是“The Germans are coming（德国人来了）”，通过波利比乌斯方表加密之后的结果是：GGDFAX DDAXGDFDAAFFGF AAGDAX AFFGFDDGFFDD。

接下来，我们选一个关键词，比如 FRANCE（法国）。我们将这个关键词写在一张表的顶部，然后将密文字母逐行排列在关键词的下方。然后，我们按照关键词的字母顺序，对表的各列进行重排，最后将密文字母从上到下逐列抄写下来，就得到了最终的密文：DAAAAD AGFGFF XDFDGF GDFGAFD FXAAFG GDDFXDD。

破译者所面临的挑战显而易见，因为明文字母要先经过加密，然后再被分割和换位。

## 交叉引用表

在战场上使用密码非常具有挑战性，这一点在第一次世界大战中得到了印证。正如本书中所介绍的，很多技术都可以对电报和无线电信号进行加密，但这些方法在战场上通常不好用。

战地密码所面临的一个主要问题是如何将密码本分发给士兵，并且还要定期更换密码本以防止被敌人获取。于是，很多国家都开发了专门的战地密码，虽然这些密码的安全性不如其他方法高，却更适合在战场上使用。

复式加密是战地密码的常用加密方式之一，这种方式需要两个步骤。第一次世界大战期间，法国使用了一种“交叉引用表”，用于在简单密码系统的基础上增加额外的安全性。

## 使用这种密码

这种密码在加密时需要两个步骤。

第一步使用的是一种简单的商用电码（见第 122 ~ 124 页），每个单词被替换成一个 4 位的数字编码，可以对超过 2300 个单词和短语进行编码。例如，soixante（六十）的编码是 9518，terrain（土地）的编码是 3739，问句 Avez-vous besoin de（你需要……吗？）的编码是 0784。

常用单词有多个数字编码，例如 trois（三）的编码可以是 9358、2599、1050。常用单词还可以拆分成更短的字母组合，例如 patrouille（巡逻）可以这样拆分编码：

| PA | TR | OU | ILLE |
| --- | --- | --- | --- |
| 4620 | 7663 | 8817 | 0773 |

这种密码的使用手册上明确指出，整条消息都必须编码后再发送，如果时间紧急无法对整条消息进行编码，则必须以明文发送，而不能发送只有部分编了码的消息，以免被破译者从中得到线索。

第二步操作使得法国的这种密码更加难以破译。这一步使用了一张交叉索引表，如下图所示。

假如我们已经对下面的消息进行了编码：

| La | Relève | au- | ra | Lieu | demain matin |
|---|---|---|---|---|---|
| 1651 | 4275 | 0865 | 8750 | 1065 | 7353 |

接下来，我们将这些编码以两个数字为单位进行分组，但第一组和最后一组中只有一个数字。然后，我们将每组数字按照交叉引用表中左侧的“加密表（chiffrement）”替换成相应的字母组合。

这样的处理方式确保了相同的数字编码在复式加密后不会每次都产生相同的密文。接收者收到电文之后，需要以两个字母为单位进行分组，然后使用右侧的“解密表（d é chiffrement）”还原出相应的数字编码。

CHIFFREMENT.

| | | |
|---|---|---|
| 0 - GS | 30 - HR | 70 - AN |
| 1 - RH | 31 - IA | 71 - RB |
| 2 - AM | 32 - VS | 72 - HN |
| 3 - SI | 33 - GU | 73 - MH |
| 4 - BH | 34 - NH | 74 - GD |
| 5 - NS | 35 - IS | 75 - BU |
| 6 - DA | 36 - HD | 76 - IE |
| 7 - TD | 37 - TA | 77 - DM |
| 8 - EA | 38 - IB | 78 - AI |
| 9 - UG | 39 - AE | 79 - RN |
| 00 - AT | 40 - HT | 80 - UH |
| 01 - GA | 41 - SD | 81 - NR |
| 02 - IM | 42 - US | 82 - AD |
| 03 - DN | 43 - DI | 83 - BM |
| 04 - GH | 44 - EI | 84 - GI |
| 05 - MN | 45 - BS | 85 - ED |
| 06 - HI | 46 - GR | 86 - HB |
| 07 - VG | 47 - MD | 87 - NA |
| 08 - UR | 48 - IR | 88 - ER |
| 09 - AB | 49 - EM | 89 - HG |
| 10 - BT | 50 - AU | 90 - SN |
| 11 - BA | 51 - SM | 91 - AS |
| 12 - RD | 52 - DB | 92 - MS |
| 13 - ND | 53 - HS | 93 - BD |
| 14 - AG | 54 - GB | 94 - IN |
| 15 - TS | 55 - UA | 95 - DS |
| 16 - EG | 56 - DR | 96 - HM |
| 17 - AR | 57 - BI | 97 - EH |
| 18 - SB | 58 - TR | 98 - GT |
| 19 - BN | 59 - EB | 99 - GN |
| 20 - ES | 60 - AH | |
| 21 - RT | 61 - VN | |
| 22 - HA | 62 - TN | |
| 23 - DG | 63 - BG | |
| 24 - SR | 64 - MU | |
| 25 - BE | 65 - BR | |
| 26 - DT | 66 - NG | |
| 27 - NU | 67 - SH | |
| 28 - GM | 68 - UM | |
| 29 - NB | 69 - DH | |

DÉCHIFFREMENT.

| | | |
|---|---|---|
| AB - 09 | EM - 49 | ND - 13 |
| AD - 82 | ER - 88 | NG - 66 |
| AE - 39 | ES - 20 | NH - 34 |
| AG - 14 | GA - 01 | NR - 81 |
| AH - 60 | GB - 54 | NS - 5 |
| AI - 78 | GD - 74 | NU - 27 |
| AM - 2 | GH - 04 | RB - 71 |
| AN - 70 | GI - 84 | RD - 12 |
| AR - 17 | GM - 28 | RH - 1 |
| AS - 91 | GN - 99 | RN - 79 |
| AT - 00 | GR - 46 | RT - 21 |
| AU - 50 | GS - 0 | SB - 18 |
| BA - 11 | GT - 98 | SD - 41 |
| BD - 93 | GU - 33 | SH - 67 |
| BE - 25 | HA - 22 | SI - 3 |
| BG - 63 | HB - 86 | SM - 51 |
| BH - 4 | HD - 36 | SN - 90 |
| BI - 57 | HG - 89 | SR - 24 |
| BM - 83 | HI - 06 | TA - 37 |
| BN - 19 | HM - 96 | TD - 7 |
| BR - 65 | HN - 72 | TN - 62 |
| BS - 45 | HR - 30 | TR - 58 |
| BT - 10 | HS - 53 | TS - 15 |
| BU - 75 | HT - 40 | UA - 55 |
| DA - 6 | IA - 31 | UG - 9 |
| DB - 52 | IB - 38 | UH - 80 |
| DG - 23 | IE - 76 | UM - 68 |
| DH - 69 | IM - 02 | UR - 08 |
| DI - 43 | IN - 94 | US - 42 |
| DM - 77 | IR - 48 | VG - 07 |
| DN - 03 | IS - 35 | VN - 61 |
| DR - 56 | MD - 47 | VS - 32 |
| DS - 95 | MH - 73 | |
| DT - 26 | MN - 05 | |
| EA - 8 | MS - 92 | |
| EB - 59 | MU - 64 | |
| ED - 85 | NA - 87 | |
| EG - 16 | NB - 29 | |
| EH - 97 | | |
| EI - 44 | | |

在战场上，我们需要防止密码本落入敌军手中。在《破译者》一书中，大卫·卡恩指出在 1914 年 8 月 1 日至 1915 年 1 月 15 日之间，法国曾三次变更其编码系统。威廉·F. 弗里德曼在他的第一次世界大战战地密码概要中指出，法国至少使用了 65 种不同的引用表。

## 齐默尔曼电报

**英国“40号房间”的破译专家们破译了一封德国电报，迫使美国最终加入第一次世界大战。这被认为是战争得以提早结束的原因之一。**

1916年，第一次世界大战的战火笼罩整个欧洲，索姆河和凡尔登的两场血战，使英、法、德三国军队伤亡惨重。与此同时，在大西洋的另一边，美国依然坚持中立。同年，美国总统伍德罗·威尔逊获得连任，这很大程度上取决于他那句著名的政治口号“使美国远离战争”得到了民众的支持。然而，1917年，形势发生了变化。1月16日，德国外长阿瑟·齐默尔曼向德国驻墨西哥大使海因里希·冯·埃卡特发了一封电报。这封电报被英国密码破译专家截获并破译，他们发现这封电报提供了一个扭转战局的良机。

齐默尔曼电报的内容被英国密码破译机构“40号房间”截获，而德国对此毫不知情。“40号房间”的名字来自英国伦敦的海军大楼中的一个房间号码。这个机构于第一次世界大战爆发后不久成立，此后一直是英国密码破译的核心机构，直到1919年被政府密码学院所取代。政府密码学院由海陆两军的密码部门合并而来，也是第二次世界大战期间在布莱切利庄园从事密码破译工作的核心力量。

这封电报使用一种叫作 0075 的密码进行加密。这是一种可以将单词替换成数字编码的密码本。“40 号房间”破译了电报的内容：

我们准备于 2 月 1 日启动无限制潜艇战，与此同时我们将尽力使美国保持中立。如果不行，我们可以向墨西哥提出结盟，条件如下：共同参战，共享胜利果实，德国对墨西哥提供财政援助，并赞成墨西哥收复曾丧失的得克萨斯、新墨西哥和亚利桑那三州领土，具体事宜请阁下安排。一旦与美国开战成为定局，请阁下立即将上述事项以最机密的方式告知墨西哥总统，并建议他以他的名义邀请日本共同参与。同时望阁下从中斡旋以促成此事。请转告墨国总统，我们的潜艇部队有能力在几个月内迫使英国求和。

破译齐默尔曼电报之后，英国情报部门陷入了两难境地。他们知道这封电报是一枚重磅的政治炸弹，但与此同时，如果公布这封电报的内容，就会让德国发觉他们的密码已经被破译了。后来，他们终于找到一个机会把这颗炸弹甩给了美国。一位驻墨西哥的英国特工从公共电报局中拿到了这封电报的另一份副本，这份副本是用一种较为古老的密码

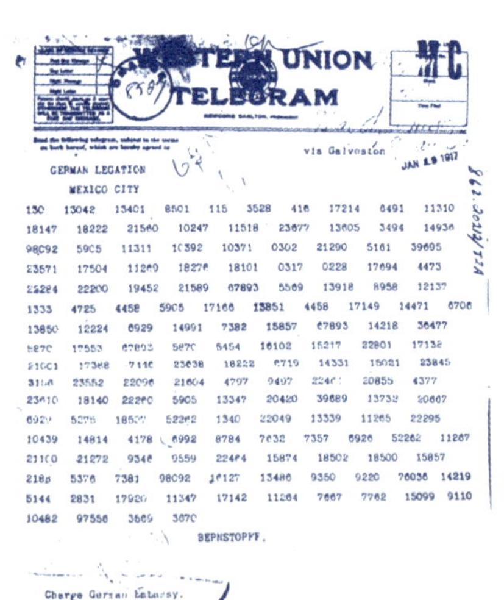
WESTERN UNION
TELEGRAM
via Galveston
JAN 19 1917
GERMAN LEGATION
MEXICO CITY
130 13042 13401 8501 115 3528 416 17214 6491 11310
18147 18222 21560 10247 11518 23677 13605 3494 14936
98092 5905 11311 10392 10371 0302 21290 5161 39695
23571 17504 11269 18276 18101 0317 0228 17694 4473
22284 22200 19452 21589 67893 5569 13918 8958 12137
1333 4725 4458 5905 17166 13851 4458 17149 14471 6706
13850 12224 6929 14991 7382 15857 67893 14218 36477
5870 17553 67893 5870 5454 16102 15217 22801 17138
21001 17388 7446 23638 18222 6719 14331 15021 23845
3156 23552 22096 21604 4797 9497 22464 20855 4377
23610 18140 22260 5905 13347 20420 39689 13732 20667
6929 5275 18507 52262 1340 22049 13339 11265 22295
10439 14814 4178 6992 8784 7632 7357 6926 52262 11267
21100 21272 9346 9559 22464 15874 18502 18500 15857
2188 5376 7381 98092 16127 13486 9350 9220 76036 14219
5144 2831 17920 11347 17142 11264 7667 7762 15099 9110
10482 97556 3569 3670
BERNSTORFF.
Charge German Embassy.

齐默尔曼发给德国驻墨西哥大使海因里希·冯·埃卡特的电报，其内容被破译并落入美国政府手中，促使美国对德国宣战。

加密的。于是，这份副本的内容被交给美国政府，并被刊登在1917年3月1日的美国报纸上。一个月后，美国国会决定对德国及其盟国宣战，美国的参战使第一次世界大战得以提早结束。

## 一次性密码本

**许多看起来无法破译的密码，其弱点和新的攻击方法都终究会被发现，但一次性密码本系统是一个例外。**

一次性密码本的概念最早出现在弗兰克·米勒于1882年出版的一部商用电码本中。这部电码本对传统商用电码进行了改进，提出了一种被称为“轮换密码”的新方法。

只要正确使用，一次性密码本系统是不可能被破译的，美国数学家克劳德·香农在其1949年的论文中证明了这一点。

香农证明，只要满足特定条件，一次性密码本系统是真正不可破译的密码。条件包括：密钥必须真正随机，至少与消息等长，完全保密，且永远不被重复。

这些条件意味着，对于指定长度的任意密文，它实际上可以表示同等长度的所有可能出现的明文，比如，密文TGYHU可能表示Paris、Boise、Omaha和其他所有5个字母组成的单词。问题是，在现实生活中，这些条件很难被满足，相比之下，其他加密系统更加实用。

计算机科学家和数学家克劳德·香农，摄于1951年。

## 使用这种密码

米勒是这样描述他的轮换密码的：

“西方的银行家需要准备一列数字，称为‘轮换数’，例如463、281、175、892……数字之间不能有任何规律。当一个轮换数被使用过之后，就必须将它从列表中删除且不可再次使用。”

在加密消息时，发送者首先从米勒电码本中查找明文中的第一个单词或短语所对应的编码。比如单词“Bishop”，它在米勒电码本中的编码是1933。接下来，将这个编码与第一个轮换数相加，求出它们的和。在我们的例子中，就是将463与1933相加，结果是2396。然后，发送者再从米勒电码本中找到这个和所对应的单词，这个单词就是密文。在我们的例子中，编码2396所对应的单词是“celerity”，这就是我们加密后的第一个单词。

接收者必须持有完全相同的电码本和轮换数列表，只要反向操作就可以解密出消息。遗憾的是，米勒的这种方法并未引起人们的重视。

1917 年，AT&T 贝尔实验室的工程师吉尔伯特・弗纳姆正在开发一种用于电传打字机的自动加密方法。他的设计和米勒的轮换密码非常相似，不同的是，他用二进制数来代表字母，并使用了一种称为 XOR（异或）的数学运算（见第 184 ~ 185 页）。例如，字母 E 用二进制表示是 00010，如果我们将它与另一个密钥字符 11011 进行位对位的 XOR 运算，得到的结果是：

00010（输入 1：明文）

11011（输入 2：密钥）

11001（输出：密文）

输出的字母是 R，于是我们的明文字母 E 现在变成了密文字母 R。

20 世纪 20 年代，一位德国密码学家设计出了和米勒一次性密码本系统相似的密码系统，它包含很多页随机的数字，可以用来与商用电码中的编码进行加和。

# 历史上的密码破译者：乔克托与纳瓦霍密语者

在两次世界大战期间，美军都曾借助讲土著语言的人来隐藏信息。这一方法始于第一次世界大战时美军第 36 师在法国西线的作战中，当时美军使用电话来传递消息，但他们发现电话会被德军窃听。

第 142 团的 A.W. 布卢尔上校给师长写了一条留言，其中记录了他们解决这一问题的方法：

“我们团里有一些印第安人，他们讲 26 种不同的语言或方言，其中只有四五种有对应的文字。德国人几乎不可能听懂并翻译这些方言，因此我们可以让这些印第安人来传递消息。”

在第二次世界大战的太平洋战场，密码机已经十分普及，但战况多变，在战场上使用密码机还是太慢了。

1942 年，美国工程师菲利普 · 约翰斯顿向艾略特营地的通信官 J.E. 琼斯少校推荐了一个用纳瓦霍语传递消息的方案。约翰斯顿是传教士的儿子，从 4 岁起就与纳瓦霍人一起生活，他可以流利地讲这种语言。不过他能想到这种方案，是因为他在第一次世界大战中，听说过美军用乔克托语传递消息的事迹。

在两次世界大战中，美军都曾借助讲土著语言的人来传递消息。图中是1943年在新几内亚布干维尔岛服役的纳瓦霍密语者。

琼斯在测试中发现，两个纳瓦霍人可以在20秒内编码、传送并解码一条长度为三行的消息。在乔克托语和纳瓦霍语的语言系统中都有一个有趣的现象，那就是它们都没有传递消息所必需的军事术语。为此，乔克托密语者使用“大枪”来代表火炮，用“打得快的小枪”来代表机枪。

纳瓦霍语使用得更加广泛，美军总共招募了超过400名纳瓦霍人，还编写了一部包含500多个军事和地理术语的词典。例如，“da-he-tih-hi（蜂鸟）”代表战斗机，“gini（苍鹰）”代表轰炸机，“rolled hat（卷边帽）”则代表澳大利亚。纳瓦霍人参与了1942至1945年间美国海军在关岛、硫黄岛和塞班岛组织的每一场重大战役。

在硫黄岛战斗的头两天，海军陆战队第5师通信官霍华德·康纳少校让6名纳瓦霍密语者交替工作。这6个人总共发送和接收了800多条消息，且毫无差错。康纳少校曾说：“如果没有纳瓦霍人，海军陆战队不可能拿下硫黄岛。”

事实证明，乔克托和纳瓦霍密语从未被破译。著名的海军情报处曾对通信记录尝试解码并检验其安全性，他们对纳瓦霍密语束手无策，称这种语言是一种“咽音、鼻音和饶舌音的怪异组合”。

战后，日本情报长官承认他们曾破译过美国空军的密码，却从未成功破译纳瓦霍密语。

出于对国家安全的考虑，纳瓦霍密语者以及他们在战时所做的工作一直被保密，直到 1968 年才被公开。1982 年，美国政府宣布将 8 月 14 日命名为“国家纳瓦霍密语者日”。

2001 年，美国政府为沉默了半个多世纪的纳瓦霍密语者们颁发了国会金质奖章，以表彰他们的功绩。

$$y_1 = a_{11}x_1 + a_{12}x_2 + \cdots + a_{1n}x_n ,$$

| | | | | | | | | | | | |
|---|---|---|---|---|---|---|---|---|---|---|---|
| A | 11 z | 19 x | 49 u | 27 s | 59 p | 61 | 19 | 42 | 10 | 17 | A |
| B | 26 y | 29 w | 50 t | 08 p | 07 z | 08 | 24 | 63 | 14 | 62 | B |

$$y_2 = a_{21}x_1 + a_{22}x_2 + \cdots + a_{2n}x_n ,$$

| | | | | | | | | | | | |
|---|---|---|---|---|---|---|---|---|---|---|---|
| C | 05 x | 10 t | 39 s | 56 z | 22 y | 04 | 26 | 12 | 52 | 65 | C |
| D | 36 u | 09 s | 13 z | 12 x | 17 w | 32 | 30 | 11 | 17 | 06 | D |

$$y_2 = a_{21}x_1 + a_{22}x_2 + \cdots + a_{2n}x_n ,$$

| | | | | | | | | | | | |
|---|---|---|---|---|---|---|---|---|---|---|---|
| E | 09 s | 17 z | 25 x | 13 u | 15 t | 47 | 45 | 41 | 34 | 11 | E |
| F | 47 p | 14 y | 38 w | 14 t | 03 s | 12 | 19 | 03 | 15 | 66 | F |

$$y_2 = a_{21}x_1 + a_{22}x_2 + \cdots + a_{2n}x_n ,$$

| | | | | | | | | | | | |
|---|---|---|---|---|---|---|---|---|---|---|---|
| G | 12 w | 16 t | 56 p | 09 y | 42 u | 30 | 27 | 02 | 58 | 57 | G |
| H | 08 t | 32 p | 17 y | 23 w | 46 x | 65 | 09 | 44 | 02 | 64 | H |

# THE GREAREST CODES

| | | | | | | | | | | | |
|---|---|---|---|---|---|---|---|---|---|---|---|
| M | 27 z | 27 p | 33 s | 41 t | 15 u | 52 | 11 | 09 | 12 | 59 | M |

$$y_2 = a_{21}x_1 + a_{22}x_2 + \cdots + a_{2n}x_n ,$$

| | | | | | | | | | | | |
|---|---|---|---|---|---|---|---|---|---|---|---|
| N | 28 w | 09 x | 34 y | 59 z | 47 p | 40 | 53 | 66 | 39 | 24 | N |

# 5 机械纪元

# THE MECHANICAL ERA

## 机器的崛起

20 世纪初是机器蓬勃发展的时代，机器为生产、运输和通信等领域带来了变革。第一次世界大战之前，各国政府对于设立官方密码机构兴趣都不高，但在后来的世界大战中，确保战场和军事基地间的通信安全就成了十分迫切的需求。

信息量的暴增意味着传统的手工加密方法已经无法应对。数学的发展也意味着加密方法将变得越来越复杂，而机器则天生就擅长完成这样的任务。

在美国，爱德华·赫本是将加密过程机械化的先驱者之一。尽管他的密码机在著名密码破译专家威廉·F. 弗里德曼看来并不安全，但它打响了设计制造密码机的第一枪。世界上最著名的恩尼格码密码机出现在第一次世界大战结束之时，最早是用来加密商用消息的，后来在 20 世纪 20 年代中期被改造成更为复杂的军用密码机。

恩尼格码、洛伦兹和威廉·F. 弗里德曼的 SIGABA 等密码机都是通过复杂的机械和电子结构来隐藏信息的，其复杂度已经超出了传统破译者的能力范围。

随着机器登上历史舞台，数学家也开始代替业余破译者，成为密码分析领域的主导力量。马里安·雷耶夫斯基、艾伦·图灵等优秀数学家使用群论等高级数学工具，结合实际的洞察，找到了破解这些密码机的新方法。作为英国最高机密的密码机构，布莱切利庄园的破译专家也使用类似的技术来破译密码，但他们这些伟大的工作很快也将被时代的洪流所淹没。

## 卡西斯基法

卡西斯基法是最著名的破译多表密码的方法之一，其名称来源于这种方法的发现者弗里德里希·卡西斯基，他在1863年提出了这种方法。

卡西斯基法的核心是要找出多表密码中所使用的换字表的数量。这是通过寻找重复字符序列来实现的。假设我们将“the bigger they come the harder they fall（爬得越高，摔得越重）”这句话加密成如下密文：“UJHCKJHGUUJHZERNGWIGKBTGFTWIGBGCOM”。

通过分析我们发现，UJH这个重复序列出现在位置1和10，而重复序列WIG则出现在位置18和27。卡西斯基法假设相同的字符序列是由相同的明文通过相同的换字表置换后产生的，因此加密所使用的换字表的数量应该是这些重复序列之间的距离，或者是这个距离的某个因数。我们可以计算每个重复序列之间的距离，并求出它们的公因数。我们把这个公因数称为“$n$”，它很有可能就是加密所使用的换字表的数量。

接下来，我们可以将密文按每$n$个字母的间距拆分成$n$个子集。例如，第一个子集是第1、$(1+n)$、$(1+2n)$、$(1+3n)$个字母，第二个子集是第2、$(2+n)$、

(2+2*n*)、(2+3*n*) 个字母，以此类推。我们可以对每个子集使用标准的频率分析（见第 30 ~ 35 页）。因为每个子集中的字母都是用同一张换字表来加密的，可以当作单表密码来处理。

在上面的例子中，换字表的数量可能是 9（10–1 或者 27–18），也可能是 3（因为使用 3 张换字表的密码也会以 9 个字母为单位产生重复序列）。假设 *n* 等于 3，那么我们可以将密文拆分成 3 个子集：第一个子集包含第 1、4、7、10……个字母；第二个子集包含第 2、5、8、11……个字母；第三个子集包含第 3、6、9、12……个字母。

现在我们可以进行频率分析了。先看第二个子集，密文字母 G 出现了 4 次，所以它很可能就代表英语中最常见的字母 E。通过这个线索，我们可以猜测密文序列 WIG 代表单词“the”。以此类推，我们就可以逐步还原出明文：“the bigger they come the harder they fall”。显然，卡西斯基法需要尽可能长的密文，以确保每个子集都能体现出字母频率分布的特点。

## TypeX 和 SIGABA

**这两种密码机见证了从手工加密到机械加密的转变。**

右图为 SIGABA 密码机，它在理论上与恩尼格码密码机相似。美国政府在 20 世纪 30 年代至 50 年代曾使用过这种密码机。

20 世纪 30 年代，美国首席密码分析专家威廉·F.弗里德曼在奥古斯特·柯克霍夫原则（见第 114 ~ 115 页）的基础上设计了一系列密码机。当时正值大萧条时期，财力和资源都十分有限，但弗里德曼还是完成了几种不同的设计并申请了专利。

这些不同的密码机有一些共同点，它们都有一个供操作员输入明文消息的打字机键盘，以及一些转轮和一个用于输出密文字符的打印机。

这些密码机的一个关键设计是一种可以生成伪随机密钥的系统。这一系统与机器本身是分离的，即符合柯克霍夫的第二原则。弗里德曼的设想是通过一条纸带让转轮以一种不可预测的方式来转动，这样一来，即便破译者知道了机器的详细设计，也基本上无法破译加密的消息。但实践证明，纸带系统在实践上遇到了困难。弗里德曼的助手弗兰克·罗利特最终说服他采用了额外增加一组转轮的设计来实现相同的功能。1944 年，密码机的最终设计在美国获得了专利，但详细的设计稿直到 2001 年才被公开。

罕见的是，这种密码机同时被美国陆军和海军采用，其中陆军的版本叫作 SIGABA，海军的版本叫作 ECM Ⅱ。

英国皇家空军中校莱伍德也设计了一种 TypeX 密码机。这种密码机是商用版恩尼格码密码机（见第 154 页）的修改版，它与 SIGABA 兼容，可以互相收发加密信息。

SIGABA 的加密强度依赖于每加密一个字母之后转轮的步进方式。弗里德曼和罗利特的设计使转轮可以以一种伪随机的方式步进，这一点是赫本机等早期密码机所未能实现的。

赫本机等早期密码机的转轮是以一种有规律的方式步进的，破译者可以利用这一弱点来破译消息。

根据对德国和日本战俘的采访，以及战后所公开的一些信息，SIGABA 密码机从未被成功破译。但另一方面，盟军则成功破译了德国的恩尼格码密码机，这对于盟军来说是一个巨大的军事优势，足以影响第二次世界大战的进程。

## 使用这种密码

SIGABA 密码机共有 15 个转轮，包括 5 个加密转轮、5 个控制转轮和 5 个索引转轮，它们被安装在各自的插槽中。

加密转轮和控制转轮采用相同的设计，可以以任意顺序及正反两种方向安装到插槽中。每个转轮都有两组接点，每组 26 个，它们以随机的顺序进行连接。

索引转轮比其他两种转轮要小，接点数量为两组，每组 10 个。索引转轮可以以任意顺序安装到专用插槽中，其初始位置需要根据一张每月更新的表格来设置，且每天变化。和其他转轮不同，索引转轮在每加密一个字母后是不会步进的。

这一设计使得 SIGABA 密码机具有 14 950 种不同的初始设置。由于采用了伪随机密钥的设计，SIGABA 密码机相比恩尼格码等其他密码机在加密强度上有了巨大的进步。但另一方面，它又十分沉重且容易损坏。结果，这种密码机并未在战场上得到广泛运用，而其他一些密码机尽管无法提供很高的加密强度，却具有良好的实用性。

## 希尔密码

**希尔密码使用线性代数和数论进行加密，它标志着密码学方法的现代化转变。**

美国数学家莱斯特·桑德斯·希尔最早是对检测电报传输中的错误感兴趣，但在纽约亨特学院工作期间，他将重点转到了密码学上。他的论文《代数换字表密码学》标志着传统手工加密方法向以代数为基础的机械化方法的转变。尽管之前也有人提出过类似的思路，但希尔的方法是第一个通用且安全的代数加密方法。

希尔密码的一个重要特点是明文的微小变化会引发密文的巨大变化。明文中一个字母的改变，通常会导致所有密文字母都发生改变。在某些情况下，希尔密码容易受到攻击。如果破译者得到了两份密文，它们的明文是相同的，但使用了不同的方程式或矩阵来进行加密，而且字母与数字的对应关系是已知的或者是可以推测的，那么很容易就可以破译出明文内容。

## 使用这种密码

希尔密码是一种多元代替密码，它使用线性代数和数论来加密一组字母。我们需要为每一个字母关联一个对应的数值，于是希尔密码的加密过程就可以表示为一个方程组。

假设我们要加密“Mississippi（密西西比）”这个单词。我们使用三元置换，也就是以 3 个字母为一组进行加密。

首先，我们按 3 个字母一组拆分明文，并在最后加上一个空字符 k，使得明文的总长度为 3 的整数倍，即：mis sis sip pik。

在加密时，我们用一个矩阵，或者像下面这样的方程组作为密钥：

$y_1=11x_1+0x_2+3x_3$

$y_2=9x_1+22x_2+0x_3$

$y_3=6x_1+7x_2+11x_3$

所需的方程数量与每组字母的数量相等，在这个例子中就是 3 个。方程中的系数（就是 $x_1$、$x_2$、$x_3$ 前面的数字）不是随机选择的。用线性代数的语言来说，这些系数所组成的矩阵必须是可逆的。接下来我们为每个字母关联一个对应的数值：

| 字母 | a | b | c | d | e | f | g | h | i | j | k | l | m | n | o | p | q | r | s | t | u | v | w | x | y | z |
|---|---|---|---|---|---|---|---|---|---|---|---|---|---|---|---|---|---|---|---|---|---|---|---|---|---|---|
| 数值 | 5 | 23 | 2 | 20 | 10 | 15 | 8 | 4 | 18 | 25 | 0 | 16 | 13 | 7 | 3 | 1 | 19 | 6 | 12 | 24 | 21 | 17 | 14 | 22 | 11 | 9 |

于是，我们第一组的 3 个字母所定义的数值是：$x_1$=13(m)，$x_2$=18(i)，$x_3$=12(s)，将这些数值代入方程，求得 $y_1$ 为：

$(11 \times 13) + (0 \times 18) + (3 \times 12) = 179$

希尔密码要求我们对结果除以 26，并算出余数，即：

$y_1 = 179 = 23 \bmod 26$

参照希尔在例子中提供的数值表，我们可以查出 23 代表字母 b。按照同样的方法，我们可以求出 $y_2$ 代表 q，$y_3$ 代表 t。接下来我们继续求下一组字母的值，最终得到完整的密文：

bqt sei aep yfc

我们可以通过逆矩阵建立另外一个方程组来解密：

$x_1=22y_1+9y_2+20y_3$

$x_2=17y_1+7y_2+19y_3$

$x_3=15y_1+19y_2+22y_3$

不过，当每组字母的数量很大时，手工计算就会变得十分困难，于是希尔和路易斯·韦斯纳设计了一种更高效的可完成六元加密的机器，并申请了专利。

## 谢尔比乌斯密码机

**20 世纪 20 年代，德国使用了一种基于多表代替密码的自动化机器来加密商用消息。**

1918 年，阿瑟 · 谢尔比乌斯博士设计了一种机械式密码机并申请了专利，后来以“恩尼格码”命名上市销售。这种密码机的大小相当于一台台式电脑，包括一个键盘和 26 个灯泡。每个灯泡代表一个字母，当按下键盘上的一个键时，另一个不同字母的灯泡会亮起，表示所对应的密文字母。接收者只需要反向使用相同的步骤就可以解密出原始消息。

这种密码机十分复杂，为破译者带来了巨大的挑战。1932 年，波兰军情局密码处迎来了三位年轻的密码学家：马里安 · 雷耶夫斯基、耶日 · 鲁日茨基和亨里克 · 泽戈斯基。他们都是数学家，专门负责破译谢尔比乌斯密码机。波兰军情局德国处要求雷耶夫斯基每天花数小时独自研究德国恩尼格码 I 型密码机，而且要求他对这项工作保密，连他的同事也不能告诉。最终，雷耶夫斯基成功研究出了密码机的线路原理。

用谢尔比乌斯密码机发送的消息都是以转轮的位置信息开头，并且

阿瑟·谢尔比乌斯的密码机上的一个转轮，后来这种密码机被命名为“恩尼格码”上市销售。整台机器的大小相当于一台台式电脑。

要加密两次。密码机的用户手册上大概是这样写的：本月 4 号，转轮的位置应设置成字母 A、X、N 位于最上面。操作员会在消息正文之前加上 AXNAXN 这 6 个字符。

这种固定的重复模式给了波兰人破译的机会。他们发现，对于谢尔比乌斯密码机来说，在任何情况下，输入一个字母总会被加密成另一个不同的字母，而不会变成该字母本身。由于这种密码机是可逆的，因此只要输入被加密后的字母，密码机就会再将它变成原始字母。

波兰人造了一台名叫“循环测定机”的机器，它可以检测转轮的序列。通过这台机器，波兰人总结出了一张有关转轮特性的表格。虽然这些工作花了一年的时间，但这也让波兰人可以在 15 分钟内找出任一天的转轮设置，并破译所有的加密消息。

## 使用这种密码

谢尔比乌斯密码机所显示的每一个密文字母都是通过其复杂的内部线路得到的。机器中有三个可旋转的轮盘，称为转轮。每个转轮都有复杂的内部线路和接点，在不同的位置可以将不同的按键和灯泡通过电路连接起来。当按下一个键时，第一个转轮转动1格，当第一个转轮转动26格之后，第二个转轮转动1格，而当第二个转轮转动26格之后，第三个转轮再转动1格。转轮的初始位置也是可以改变的，要正确加密和解密消息，收发双方都必须确保彼此的密码机转轮处于相同的初始位置。

谢尔比乌斯密码机的本质依然是多表代替密码，但它所使用的换字表数量非常多。在三个转轮的配置中，总共可以有26×26×26种，即17 576种可能的初始位置，因此这种密码机就相当于一个拥有17 576张换字表的多表代替密码。

# 历史上的密码破译者：艾伦·图灵与恩尼格码密码机

第二次世界大战期间，英国著名计算机科学家、密码学家、数学家艾伦·图灵开发了一系列创新技术，为破译德国密码做出了贡献。

20世纪30年代中期，德军已大规模配备谢尔比乌斯密码机用来加密日常通信，但他们不知道，这种密码机其实早已被波兰军情局密码处的马里安·雷耶夫斯基破解了。几年之后，德军对密码机进行了改造，使其更加复杂。他们在密码机上加了一个连接板，用电线将连接板上的两个字母连接起来，这两个字母就可以互相交换。根据历史学家弗兰克·卡特和约翰·盖勒霍克的说法，这一修改意味着这种密码机现在具备多达

艾伦·图灵，摄于1951年，计算机科学家、数学家。他在布莱切利庄园所完成的密码破译工作使第二次世界大战得以提早数年结束。

$1.58 \times 10^{20}$ 种不同的配置状态。

战事的发展打断了雷耶夫斯基及其同事的工作。德军入侵波兰迫在眉睫，雷耶夫斯基等人决定将他们的成果移交给英国情报机关。当时，政府密码学院是英国密码破译的核心力量。它位于一座名为布莱切利庄园的乡村住宅中。这里汇集了来自牛津大学和剑桥大学的数学家们，后来，包括美国在内的其他同盟国的成员也陆续加入。

在布莱切利庄园工作的专家中，有一位来自剑桥大学国王学院的年轻人，他叫艾伦·图灵。在剑桥工作期间，图灵展现出了过人的数学才华，他在论文中证明了“中心极限定理”。图灵还发表了一篇关于可计算数的重要论文，其中描述了一种理论上的装置，后来被称为“图灵机”，为计算机的发明奠定了理论基础。

在波兰人取得的成果的基础上，布莱切利庄园的破译专家艾伦·图灵和戈登·韦尔什曼发明了一种电子装置，称为“炸弹机”。这种装置可以依次试验所有可能的初始转轮位置。它的名字来自波兰人制造的装置，但实际上它和波兰版的装置完全不同。

布莱切利庄园的这个方法依赖于寻找电文中的抓手，例如很多电文都会以“secret（机密）”这个词开头，很多海军电文会在开头报告天气和位置等。他们还发现有一位报务员特别喜欢用“ist”，即德语中的“is”，来作为发报密钥。因此，破译恩尼格码的关键除了寻找技术的弱点，更重要的是要寻找人的弱点。

炸弹机的设计非常巧妙，转轮的位置共有 18 000 种可能的组合，对于其中每一种组合，炸弹机可以同时检查一个输入字母所对应的 26 种连接板交换方式。炸弹机会试验每一种可能的设置，直到遇到与抓手相符的设置为止。接下来，破译者们会使用频率分析等手工技术来测试机器所找到的结果。

在炸弹机大获成功之后，图灵继续带领布莱切利庄园第 8 栋的团队破译德国海军的恩尼格码密码。图灵发明了一种名为“班伯里”的统计学方法。这种方法和后来弗里德曼提出的重合指数（见第 98 ~ 100 页）相似，它帮助布莱切利庄园在 1943 年之前成功破译了德国海军的密码。截止到第二次世界大战结束，布莱切利庄园的团队总共破译了超过 250 万条恩尼格码密电，为盟军最终取得胜利做出了不可磨灭的贡献。

# 洛伦兹密码机 SZ40

**德国高层将领使用一种更复杂的转轮密码机来加密消息，主要用于希特勒与将军们的通信。借助一次偶然的突破，盟军破译者成功制造出了这种密码机的复制品。**

盟军很快发现，希特勒发送的电文是用另一种不同的密码机加密的，后来他们发现这种密码机叫作“洛伦兹密码机 SZ40”。

1941 年 8 月，一个德军密码报务员犯了一个低级错误。他发送了一份很长的电文，但在传输过程中发生了损坏，于是他又用相同的密钥重发了一遍，还省略了其中的几个单词。这两份电文都被截获并送到布莱切利庄园。在密码学中，两份相关的密文被称为一个“深度”。

布莱切利庄园的约翰・蒂尔特曼通过这两份电文找出了一长串密钥序列。意想不到的是，在数学家比尔・塔特的带领下，盟军破译者利用这一深度通过逆向工程还原了洛伦兹密码机的基本设计，并成功造出了他们自己的版本，称为“金枪鱼密码机”。

在这个过程中他们遇到了一个困难，即如何让两条打孔纸带高速同步移动。艾伦・图灵建议用一台机器来代替其中一条纸带解决同步问题。这

1943年12月被安装在布莱切利庄园的巨人机。它是艾伦·图灵的又一成就，能够在数小时内破译一个德国密码。

台机器由一系列真空管构成，能够模拟数字开关，真空管的数量多达1500个，花了10个月才造出来。它被命名为“巨人机”，于1943年12月被安装在布莱切利庄园并投入使用。

巨人机有一间屋子那么大，重达一吨，但借助真空管技术，巨人机能够在数小时内破译一条由洛伦兹密码机加密的电文。截至第二次世界大战结束前，布莱切利庄园共投入了10台拥有更多阀门的巨人机，这意味着希特勒的大部分密电都不再安全了。

## 使用这种密码

洛伦兹密码机SZ中SZ的德语意思是“加法密钥”，表示这种密码机加密的基本原理。这种密码机使用5位0或1的二进制数来表示字母，例如字母A为11000，字母L为01001。

一个字母的加密过程是将它的二进制值与另一个字母的二进制值做异或运算（见第184 ~ 185页）。

洛伦兹密码机之所以这么复杂，是因为用来相加的那个字母看起来是随机的。和恩尼格码一样，洛伦兹密码机的转轮也是在每输入一个字母后转动的，但其中 5 个转轮以规则的方式转动，而另外 5 个转轮的转动方式则取决于两个针轮的配置，因此破译电文的关键是要找出正确的初始转轮设置。

1942 年，德军高层采用了一种加强版的洛伦兹密码机。只要这种洛伦兹密码机被正确使用，其密文几乎是不可能被破译的，盟军却通过一个秘密手段知道了希特勒向他的将军们传达的战术。

## 诗歌密码

**1940 年，英国设立了一个叫作“特别行动小组（SOE）”的秘密机构，专门在欧洲沦陷区执行间谍和破坏任务，并为地区抵抗运动提供帮助。他们使用了一种名为“诗歌密码”的方法来加密消息。**

在 SOE 的鼎盛时期，大约有 13 000 人加入了这个组织。为了与敌后特工取得联系，SOE 采用了诗歌密码。后来 SOE 雇用了密码学家莱奥·马克斯负责主管通信，他很快就发现这种密码根本不像 SOE 想象的那样安全。

在他的回忆录中，马克斯说SOE之所以采用诗歌密码，是因为“情报界有个传统理论，认为当一名特工被抓捕或被搜查时，只有将密码记在脑子里才能确保安全”，马克斯则认为这种理论是错误的。

马克斯还说，SOE的首领习惯于向多名特工发送内容大致相同的消息，他相信这种方法能确保消息送达。但实际上，这种方法让德国人更容易破译消息的内容。

另一个问题是，特工们需要背诵所使用的诗歌，因此他们经常使用一些常见的诗歌。马克斯说莎士比亚、丁尼生的作品，以及《圣经》都被经常使用。德国人知道这一点，于是他们会去尝试那些著名的诗歌，看看能否破译出可读的消息。如果德国破译者能够破译哪怕一条消息，那么使用这种密码加密的其他消息也很容易被破译。正是出于这些因素，马克斯最终说服了SOE停止使用诗歌密码。

根据马克斯的建议，SOE改用了另一种名为“算出密钥（WOK）”的加密方法。这种方法依然基于置换密码，但其密钥是随机生成的。收发双方都持有一份相同的密钥列表，这份列表印刷在丝绸上，每使用其中的一个密钥，就将这一块丝绸剪下来烧掉。

## 使用这种密码

第一步是背下一首诗，这首诗不一定要很长，我们以莎士比亚的十四行诗第18首为例：“Shall I compare thee to a Summer's day? Thou art more lovely and more temperate.（让我把你比作夏日？你比夏日更可爱也更温婉。）”

接下来，我们从这首诗中挑选 5 个单词，比如：“compare”“day”“lovely”“more”“temperate”，然后将它们写在一张表格中。

然后，我们按照字母表顺序，先找到第一个字母 a，把它编为 1 号，然后找到第二个字母 a，把它编为 2 号，第三个 a 编为 3 号；当 a 都编完之后就找 b，如果找不到 b 就继续找 c，以此类推直到所有字母都被编号。

| c | o | m | p | a | r | e | d | a | y | l | o | v | e | l | y | m | o | r | e | t | e | m | p | e | r | a | t | e |
|---|---|---|---|---|---|---|---|---|---|---|---|---|---|---|---|---|---|---|---|---|---|---|---|---|---|---|---|---|
| 4 | 17 | 14 | 20 | 1 | 22 | 6 | 5 | 2 | 28 | 12 | 18 | 27 | 7 | 13 | 29 | 15 | 19 | 23 | 8 | 25 | 9 | 16 | 21 | 10 | 24 | 3 | 26 | 11 |

当加密消息时，我们就使用上述转写密钥来对明文进行换位。

我们的密钥包含 29 个字母，在加密消息时，我们先将明文写在表格中，每行的长度与密钥长度相同，然后在末尾加上一些字符填满最后一行。

接下来，我们看转写密钥中的数字。在我们的例子中，第一个数字是 4，于是我们就写下第 4 列中的所有字母，然后就是第 17 列和第 14 列，以此类推，直到所有密文都被转写完毕。在实际使用中，有时候会对密文转写两次来进一步对消息进行混淆。

诗歌密码的一个问题是在编码过程中经常会发生错误，这会导致消息无法解码。SOE 的密码学家莱奥·马克斯说，由于特工的失误，多达 20% 的 SOE 电文无法解码。

# 紫密与珍珠港

**在第二次世界大战中，日军使用一种“紫密”密码机来发送密电。美国密码破译者破解了这种密码，却没能阻止珍珠港被偷袭。**

1937 年，日军发明了一种叫作“九七式欧文印字机”的机器来发送高级别外交电文。这种密码机只能输入拉丁字母，而不是日语。根据传统，美国密码破译者用颜色来命名日本的密码，于是他们把这种密码机叫“紫密”。

紫密是一种多表代替密码，但其所使用的换字表数量十分庞大，

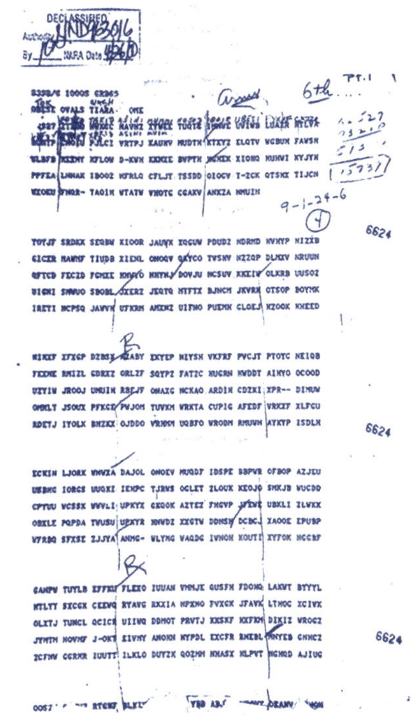
DECLASSIFIED

WXOKU VNQR- TAOIN WTATW VHOTC CGAKV ANKZA NMUIN

TOYJT SRDKX SEQBW XIOOR JAUYX XQCUW PDUDZ NDRMD NVNYP NIZXB
GICZR HAWMF TIUDB XIENL ONOQV QXYCO TVSNV NZZQP DLMXV NRUUN
QFTCD FECZD FCMXE NMWYO NHYNJ DOVJU NCSUV XKEIV OLXRB UUSOZ
UIGNI SNWUO SBOBL JXERZ JEQYQ NTFTX BJNCM JKVRN OTSOP BOYMK
IRETI NCPSQ JAWVK UFKRM AMENZ UIFNO PUEMK CLOEJ NZOOK KNEED

NIKXF XFXGP DZBSX AZABY EXYEP NIYSN VKFRF PVCJT PTOYC NEIQB
FEXNE RMIZL GDEXZ ORLZF SQYPZ FATZC NUGRN NWDDT AINYO OCOOD
UZYIW JROOJ UMUIN RBEJF ONAXG NCKAO ARDIN CDZXI XPR-- DIMUW
OMKLT JSOUX PFKCD PWJOM TUVKM WRKTA CUPIG AFEDF VRKXF XLFCU
RDETJ IYOLX BNZKX OJDDO VRNMM UQBFO VRODM RMUUN AYKYP ISDLX

ECKIN LJORX VNWZA DAJOL ONOEV MUQDF IDSPE BBPVR OFBOP AZJEU
USBNG IORGS UUQKI IEMPC TJRNS OGLET ZLOUX XEOJO SMXJB WUCDD
CPTUU WCSSX WWVLI UPKYX GXQOK AZTEZ FNGVP JFEWE UBXLI ZLWKX
OBXLE PQPDA TWUSU UPXYR NNWDZ XXGTW DDNSN DCBCJ XAOOE EPUBP
VFRBQ SFXSE ZJJYA ANMG- WLYNG WAQDG IVNON XOUTI XYFOK NGCBF

GANPW TUYLB XFFKU FLEXO IUUAN VNMJE QUSFN FDONQ LAXWT BYYYL
NTLYT SXCGX CEEVQ RYAVG RXXIA NPXNO FVXCX JFAVK LTNOC XCIVX
OLXTJ TUNCL QCICR UIIVQ DDMOT PRVTJ XXSXF NXFKN DIKIZ WROGZ
JYNTN NOVNF J-OKT EIVMY ANOKN NYPDL EXCFR RNEBL MNYEB GNNCZ
ZCFNW CGRNR IUUTT ILKLO DUYZK QOZMM NNASX NLPVT NGNQD AJIUG

1941 年 12 月 7 日发送的与偷袭珍珠港有关的紫密电文的部分内容，遗憾的是，美国并没有及时发觉即将到来的危险。

使得频率分析等方法非常耗时。和恩尼格码不同的是，紫密不使用转轮，而是使用和电话交换机类似的步进开关。每个开关共有 25 种位置，当对其施加一个电脉冲信号时，它就会步进到下一个位置。在机器内部，字母被分为两组，一组是 5 个元音字母加上 Y，另一组是 20 个辅音字母。对于元音字母，每输入一个字符开关就会步进一次，而对于辅音字母，则是有三个相连的开关，其步进方式类似汽车上的里程表。

## 破译这种密码

日本人相信紫密是不可破解的，然而，美军信号情报局（SIS）的一个团队成功破解了紫密。这个团队正是由 SIS 首席密码学家威廉·F. 弗里德曼和密码破译专家弗兰克·罗利特所领导的。破解紫密最大的突破应归功于 SIS 的莱奥·罗森，他成功制造出了这种日本密码机的复制品。令人震惊的是，战争结束时，人们从柏林的日本使馆中找到了这种密码机的残片，发现罗森在他的复制品上使用的步进开关竟与紫密完全相同，这不得不说是一个天才般的猜想。

破解紫密所使用的密码分析技术和破解恩尼格码类似，频繁出现的问候语和结束语都可以作为抓手，因为出错而重发的电文也被用于破解这种“不可破解”的密码。

破解了紫密的基本结构并不意味着就可以立即破译每一封电文，还需要找到正确的消息密钥才行，因此 SIS 所破译的情报还是非常零散的。这些通过破译密电得到的情报在分发上也存在问题。由于涉及必要的保密措施，很多收到情报的人都没有意识到情报的价值。

此外，很多密码破译专家都认为，由于成功破译了部分紫密电文，美国人十分得意，但几年之后就自食其果。1941 年 12 月 7 日，美国截获并破译了一封发自日本使馆的紫密电文，其内容是要与美国断绝外交关系。但这一消息未能及时传达到美国国务院，导致美国未能发现这一消息与即将发生的珍珠港偷袭行动有关。当然，这封电文本身并没有明确提到偷袭珍珠港，因此无论如何，美国都很难及时对此做出反应。

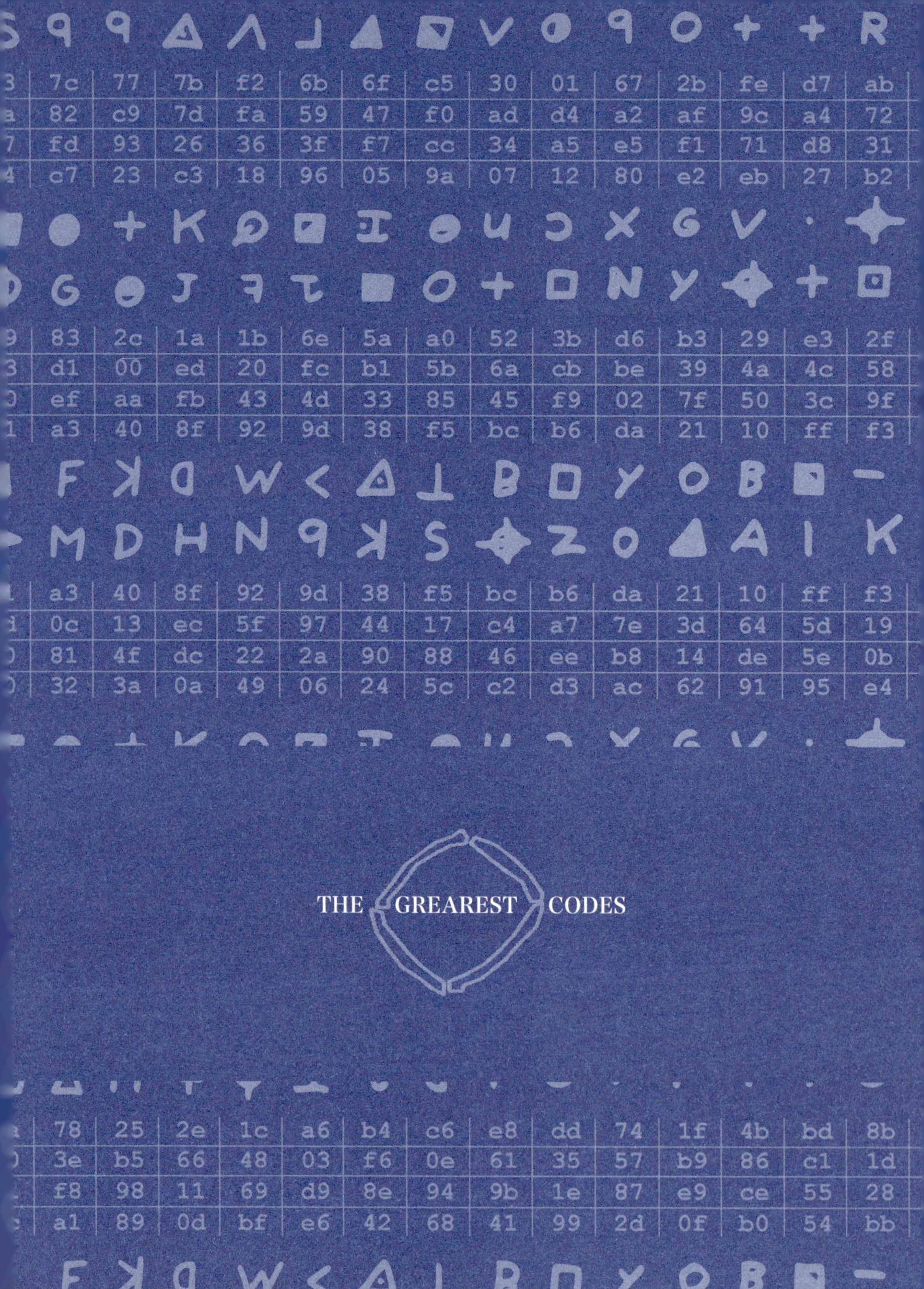
THE GREAREST CODES

# 6 量子世纪

# THE QUANTUM AGE

## 数字时代的密码

计算机的出现使密码学发生了巨大的变化。恩尼格码、SIGABA 等密码机的成功主要依赖于其复杂的内部结构，而计算机是可编程的，这意味着通过软件就可以实现这样的功能，从而使加密的过程大大简化。

与此同时，密码破译者也得到了一件新武器。一些密码之所以难以破译，是因为破译者需要花大量的时间进行分析，而这些工作现在变得像过家家一样容易。技术的力量使强行破解变得轻而易举，我们可以尝试每一种可能的密钥，直到找到正确的密钥为止。

互联网和万维网的诞生让地球变得更小，同时也将现实世界中看得见摸得着的东西化作虚拟的数据。在网络世界中，对以密码为基础的信息安全提出了更高的要求。现在，数十亿人在每天的日常生活中都会使用加密手段，包括查询银行余额、发送电子邮件、浏览网站等。

于是，破译密码所需要的通常就是一台速度够快的计算机，而那些业余的破译者则不得不将他们的关注点转移到尚未破译的古老密码上来自娱自乐。

SZ42 密码机，它是洛伦兹 SZ40 密码机的后续版本，希特勒曾用它发送加密电报。

美国国家安全局购买了世界上第一台克雷超级计算机，还在 2013 年投资约 9 亿美元在马里兰州米德堡建造新的超级计算机。

一个成功的密码破译者一定擅长窃听工作，无论是截获皇室信件还是监听德国的莫尔斯码信号。爱德华·斯诺登曾揭露，英国政府通信总部和美国国家安全局正在进行一个名为“颞颥（Tempora）”的计划，该计划涉及对全世界的光纤通信网络进行监控。

如今我们正站在公元第三个千年的起点，可以想象，加密者和破译者之间持续了 5000 年的战争即将迎来终结。加密者似乎将成为最后的赢家，而帮助他们赢得胜利的是技术、数学甚至是量子力学。

量子密码有能力提供一种真正无法破解的加密方法，不过量子力学也并非解释世界的万能理论，未来物理学的发展也许会提供新的加密或破译方法，让局面变得更加复杂。

随着越来越多的消息都通过几乎无法破译的密码来发送，安全的焦点就转移到通信中最薄弱的环节——人。我们无法贿赂或绑架计算机和光子以获取信息，但我们可以针对人来下手。与其尝试破译消息，还不如直接在公司里安插一个间谍来刺探密钥信息，或者偷偷地在他们的电脑里安装个木马程序。

## 数字隐写术

尽管数字信息取代了物理信息，但隐写术，也就是隐藏信息的技术，依然适用于如今的数字时代。传统隐写术使用隐形墨水在纸上写字，或者将信息刺到头皮上，而数字隐写术则是将信息隐藏在表示图片、声音和电子邮件的二进制数字中。数千年来，隐写术的最大优势依然没有变，那就是它不但能隐藏信息，还能隐藏发送信息的行为。

仅谷歌一家公司每天就要处理多达 100 PB 的数据，将信息隐藏在如此庞大的信息洪流中是个非常完美的主意。使用垃圾邮件来隐藏信息的方法曾经十分流行，但现代隐写者则更喜欢使用图片。

## 使用这种密码

假设有一个 5×5 的方格表，我们可以将其中一些格子涂成黑色，画出一个简单的图案，如右图所示。

我们用 0 表示白格，用 1 表示黑格，这样就可以用一串数字来表示这张图片。在数字系统中，我们通常将格子称为“像素”。于是，这张图片就可以表示为：

01010, 00000, 00100, 10001, 01110。彩色图片的表示方法与此类似，只是不能用一位数字的 0 和 1，而需要用更多位数字来表示各种颜色。

24 位 RGB（红绿蓝）数字图片系统可以表示数百万种色阶，其中每个像素都包括红、绿、蓝 3 个分量，每个分量用 8 位二进制数字表示，从无色（00000000）到全色（11111111）。

如果我们只考虑蓝色分量，那么色阶 11111110 和 11111111 的区别对于人眼来说是无法分辨的。知道了这一特性，我们就可以用最右边一位数字来隐藏信息。每个像素都有 3 个二进制位（红、绿、蓝）可以使用，而一张 5 cm 见方的网络图片包含超过 20 000 个像素，你可以在其中轻松隐藏一段文本信息，甚至是另一张不同的图片，只要接收方知道如何将信息提取出来就行。

下页图演示了这种方法是如何工作的。左侧的小猫图片加上中间的信息图片生成了右侧的小猫图片。用肉眼来看，这两张图片是完全相同的，但实际上我们通过轻微改变色阶的方法把中间的图片隐藏到了右侧的图片中。

类似的，声音文件的最低位也可以这样利用，因为微小的改变是不可能被听出来的，却可以用来隐藏秘密信息。

这两张小猫图片看起来几乎没有差别，你可能觉得数字隐写术是无懈可击的，但其实我们可以用多种方法来破解它。如果我们截获了右侧的小猫图片，而且我们通过网络搜索找到了原始图片，就可以将两张图片的像素信息相减来提取出隐藏的信息。

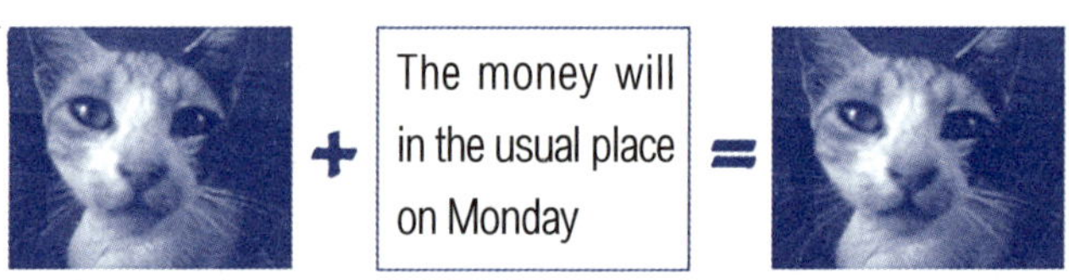


信息的意思是：星期一钱就会照旧送回原处。

我们还可以对截获的图片使用统计学攻击，推测图片经过了怎样的处理。在一张普通的图片中，每个分量的最后一位有一半概率为0，有一半概率为1。而利用这些位隐藏信息会改变其统计学分布，我们由此可以推断这张图片可能使用了数字隐写术。

## 达格帕耶夫密码

**一本80多年前出版的讲述密码学历史的书中出现了一道密码挑战谜题，破译者至今未能解出答案。**

第二次世界大战爆发前夕，亚历山大·达格帕耶夫出版了一本名为《代码与密码》的书，其中有一段“供读者测试破译能力的密文”。尽管很多人尝试破译它，但至今依然无果。

这段密文的内容如下：

75628 28591 62916 48164 91748 58464 74748 28483 81638 18174

74826 26475 83828 49175 74658 37575 75936 36565 81638 17585

75756 46282 92857 46382 75748 38165 81848 56485 64858 56382

72628 36281 81728 16463 75828 16483 63828 58163 63630 47481

91918 46385 84656 48565 62946 26285 91859 17491 72756 46575

71658 36264 74818 28462 82649 18193 65626 48484 91838 57491

81657 27483 83858 28364 62726 26562 83759 27263 82827 27283

82858 47582 81837 28462 82837 58164 75748 58162 92000

达格帕耶夫密码有一个显著特征，其间隔列中的数字要么只包含6、7、8、9、0，要么只包含1、2、3、4、5，最后一组数字是个例外，因为最后出现了3个连续的0。

大多数尝试破译这种密码的人都根据这一特征猜测这可能是一种波利比乌斯方表（见第22～25页），最后的空字符（即那几个0）是为了将方格补全。达格帕耶夫的这本书中用大篇幅介绍了波利比乌斯方表，因此这一猜测看起来很符合逻辑。

下面就是一张符合该密文特征的波利比乌斯方表：

| | 1 | 2 | 3 | 4 | 5 |
|---|---|---|---|---|---|
| 6 | A | B | C | D | E |
| 7 | F | G | H | I/J | K |
| 8 | L | M | N | O | P |
| 9 | Q | R | S | T | U |
| 0 | V | W | X | Y | Z |

根据这张表，我们可以把下面的明文：

“Flee, we are discovered（快跑，我们被发现了）”

加密为：71 81 65 65 02 65 61 92 65 64 74 93 63 84 01 65 92 65 64

写成 5 个数字一组，就是：71816 56502 65619 26564 74936 38401 65926 56400

最后我们也加上了两个空字符 0，这样它看起来就和达格帕耶夫密码的密文十分相似了。

| | 1 | 2 | 3 | 4 | 5 |
|---|---|---|---|---|---|
| 6 | 0 | 17 | 12 | 16 | 11 |
| 7 | 1 | 9 | 0 | 14 | 17 |
| 8 | 20 | 17 | 15 | 11 | 17 |
| 9 | 12 | 3 | 2 | 1 | 0 |
| 0 | 0 | 0 | 0 | 1 | 0 |

我们对每对数字进行频率分析，结果看起来很像是一种自然语言，很可能是英语。

但破译者们遇到了一个问题，那就是如果这种语言是英语，那么连续出现两个甚至三个相同数字对的情况也太多了。例如，数字对 75 在某一行中连续出现了 3 次，而英语中一个单词连续出现 3 个相同字母的情况极其罕见，当然，这种情况也可能是两个单词连在一起形成的，比如“tell like”。

这本书的改版让这个未解之谜变得更加扑朔迷离。1952 年之后的版本删掉了这段密文，有些人猜测删掉密文的原因是 1952 年《牛津简明英语词典》出了第 4 版，而这种密码则是基于该词典第 3 版的一种词典密码。1955 年，达格帕耶夫去世，将这个秘密也一起带进了棺材。

## VIC 密码

**简单代替密码可以通过使用可变长度的密文置换来增加复杂度。这种苏联时期的密码系统就是一个例子。**

VIC 密码属于一种跨棋盘密码，它通过分离技术提高简单代替密码的复杂度。VIC 密码是苏联在冷战时期使用的密码，也是迄今为止实际使用过的最复杂的手工密码之一。VIC 密码的名字来源于“Victor”，是苏联间谍雷诺·哈伊哈宁的代号。他曾使用过这种密码，后来叛变投靠了美国。

### 破译这种密码

破译 VIC 密码的故事有一个不同寻常的开头。1953 年 6 月，美国的一名报童在找零时掉了一枚硬币，出乎意料的是，这枚硬币掉在地上摔成了两半，中间藏了一张显示了一串数字的微缩照片。

美国联邦调查局（FBI）对这些数字所代表的含义一头雾水，直到1957年，事情终于有了进展。一个苏联间谍来到美国驻巴黎使馆自首，声称自己是克格勃（КГБ，苏联国家安全委员会）的中校。他叫雷诺·哈伊哈宁，曾于1951年进入美国，并使用了一名爱沙尼亚裔男子的身份。

02505 60476 04016 88622 36579 39249 67180 72479 66266 57127
92365 70390 04618 91915 48730 77472 57325 85535 01210 22288
99873 32256 78676 18467 21683 86588 59137 07234 10556 29350
03229 46862 90096 60275 61635 52187 94072 88348 20714 39363
49924 84439 53198 92335 92394 71287 36376 94819 19578 66292
90910 93264 22572 46231 58592 35289 9818[illegible] 66859 23710 20413
71142 80860 17536 17965 59087 68675 68283 08275 33139 53357
75586 89949 77175 82142 42973 01195 49622 25658

苏联间谍鲁道夫·阿贝尔发送的一段原始密文，内容是欢迎另一位苏联间谍进入美国。

在搜查哈伊哈宁的住所时，FBI找到了另一枚伪装过的硬币，里面藏有一张相似的照片。面对审问，哈伊哈宁交代了这种加密方法的细节，照片上的消息才得以解读。这枚硬币是在哈伊哈宁到达美国时收到的，里面的内容只是一条欢迎消息。后来，哈伊哈宁配合FBI抓获了苏联间谍鲁道夫·伊万诺维奇·阿贝尔。阿贝尔被判处30年监禁，后又被用来与一名美国飞行员加里·鲍尔斯进行交换，从而回到了苏联。

## 使用这种密码

跨棋盘密码需要使用一条密钥短语和两个数字，例如“thequickbrownfxjmpdvlazysg”和数字5、7。首先将密钥短语写在一个3×10的表格中，其中十列分别用数字0～9进行编号，三行中第一行开头为空白，第二、三行开头分别用我们之前选择的两个数字进行编号。一般来说，第一行包含最常用的八个字母以及两个空格，后面两行中也会包含两个空格。在加密时，加密者需要将明文字母替换成数字，如果这个字母位于第一行，则只使用列编号，如果位于后面两行，则使用列编号和行编号。例如，明文“Meet me in Central Park（中央公园见面）”可以被加密成：58 2 2 0 58 2 6 54 8 2 54 0 51 73 72 59 73 51 9。最后将这些数字连在一起并分成五个一组，以增加破译的难度。

VIC密码比上述方法还要复杂，因为它还需要额外步骤来打乱表中列编号的顺序，增加空字符，以及进行两次额外的换位操作。

# 历史上的密码破译者：唐纳德·哈登

1966 年至 1974 年间，加州警方遇到了一系列杀人案。这些案件都是同一人所为，被害者的年龄在 16 至 29 岁之间。

1969 年，《旧金山纪事报》《旧金山观察者报》和《瓦列霍时代先驱报》分别收到了一封奇怪的信件。写信的人自称“十二宫杀手”，信中提到了一些只有凶手和警方才有可能知道的信息。他还宣称已经杀了 37 人，而警方当时只确认了其中的 7 人。每封信都附带着一份密文，三份密文共有 408 个符号，所以人们又把这种密文称为“三段式密码”。凶手声称，这些密文揭示了他的杀人动机和真实身份。

两个月后，出租车司机保罗·斯泰恩在前往旧金山的途中被乘客射杀。11 月 8 日，凶手寄出了另一段密文，这段密文被称为“340 密码”，340 表示密文中包含的符号数量。1970 年，凶手继续与报纸联系，他在其中一封信中写道：“我的名字叫……”，后面跟着一段 13 个字母组成的密文。此前凶手经常使用他密文中的第四个符号——一个圆圈加一个十字——作为信件的签名。1974 年，来自凶手的联络戛然而止，而凶手的真实身份至今依然未能确认。

凶手寄给报社的其中一页密文，此人声称自己在 1966 年至 1974 年间共杀害了 37 人。

This is the Zodiac speaking

I have become very upset with the people of San Fran Bay Area. They have not complied with my wishes for them to wear some nice ⊕ buttons. I promiced to punish them if they did not comply, by anilating a full School Buss. But now school is out for the summer, so I punished them in an another way. I shot a man sitting in a parked car with a .38.

⊕-12 SFPD-0

The Map coupled with this code will tell you where the bomb is set. You have untill next Fall to dig it up. ⊕

三段式密码共包含大约 50 种不同的符号，其中一些很像黄道十二星座的符号。而 340 密码则包含 63 种不同的符号。从符号的种类和数量来看，这两种密码都不是简单的代替密码。

1969 年，教师唐纳德·哈登和他的妻子贝蒂成功破译了三段式密码。他们发现这是一种同音代替密码（见第 69 ~ 72 页），也就是多个密文符号实际上代表同一个明文字母。在破译密码的过程中，哈登夫妇推测凶手会用“I（我）”来开头以彰显自我，而且这段文章中一定包含单词“kill（杀）”或“killing”。事实证明，他们的推测是正确的。

尽管如此，三段式密码依然留下了一个谜，密码的最后是一串不可读的字母：“EBEORIETEMETHHPITI”。有人认为这串字母可能揭示了凶手的身份，或者是之后 340 密码的密钥。很多人曾尝试破译 340 密码以及“我的名字叫”开头的那段密文，但迄今为止所公布的结果逻辑都十分牵强，比如使用字母异位或者拼写错误的单词来拼凑出明文。因此，十二宫杀手的密码很有可能依然未被成功破译，其内容也依然是个谜。

十二宫杀手密码的网站（www.zodiackillerciphers.com）上有一张题为“不足以采信或不确凿的破译结果”清单，其中还给出了不采信的理由。很多未破译的密码经过多年尝试之后终将被破译，这意味着需要更多的破译者来尝试破译十二宫杀手密码，而且颇具吸引力的一点是，他们的努力可能会将凶手绳之以法。

## 分组密码

**第二次世界大战之后，计算机的出现进一步加速了密码系统的自动化。其中最广泛使用的系统之一就是在明文字母的二进制数字编码的基础上进行多轮复杂的变换。**

20 世纪 70 年代初，美国国家标准局（NBS）决定征集一种加密方法，用来加密那些敏感但并非绝密的政府档案。他们希望这种方法简单、快速并且成本合理。IBM 的一个团队在霍斯特·菲斯特尔的带领下开发了“数据加密标准（DES）”，这种方法基于分组密码，即在迭代循环中将乘积密码（一种由多种变换组合而成的密码）的输出结果重新输入它本身。DES 于 1977 年被正式采用，并成功运用了 20 多年，但随着计算力的增长，它的弱点也暴露出来。

破解 DES 的一般方法就是暴力破解。DES 拥有 72 057 594 037 927 936 种可能出现的密钥，手工测试这些密钥显然不可行。1998 年，电子前线基金会（EFF）斥资 25 万美元制造了一台“EFF DES 破解机”，它包含 1856 枚芯片，可以在短短两天内破译 DES 加密的数据。

| | | 中间比特 | | | | | | | | | | | | | | | |
|---|---|---|---|---|---|---|---|---|---|---|---|---|---|---|---|---|---|
| | | 0000 | 0001 | 0010 | 0011 | 0100 | 0101 | 0110 | 0111 | 1000 | 1001 | 1100 | 1011 | 1100 | 1101 | 1101 | 1111 |
| 首尾比特 | 00 | 0010 | 1100 | 0100 | 0001 | 0111 | 1100 | 1011 | 0110 | 1000 | 0101 | 0011 | 1111 | 1101 | 0000 | 1110 | 1001 |
| | 01 | 1110 | 1011 | 0010 | 1100 | 0100 | 0111 | 1101 | 0001 | 0101 | 0000 | 1111 | 1100 | 0011 | 1001 | 1000 | 0110 |
| | 10 | 0100 | 0010 | 0001 | 1011 | 1100 | 1101 | 0111 | 1000 | 1111 | 1001 | 1100 | 0101 | 0110 | 0011 | 0000 | 1110 |
| | 11 | 1011 | 1000 | 1100 | 0111 | 0001 | 1110 | 0010 | 1101 | 0110 | 1111 | 0000 | 1001 | 1100 | 0100 | 0101 | 0011 |

## 使用这种密码

在分组密码中，要加密的信息需要被拆分成固定长度的组。以 DES 为例，每个分组的大小为 64 比特，这是因为对于当时的硬件来说，处理这个长度的数据效率最高。

这种密码使用的是异或（XOR）运算：

| 二进制输入 1 | 二进制输入 2 | 输出 |
|---|---|---|
| 0 | 0 | 0 |
| 0 | 1 | 1 |
| 1 | 0 | 1 |
| 1 | 1 | 0 |

异或运算接受两个二进制数字的输入。如果输入的两个数字相同，则输出二进制 0，如果不同则输出二进制 1。异或运算在现代密码中十分常用。

在加密消息时，一个明文分组需要进行 16 轮处理。在每一轮中，这个 64 比特的分组都会被拆成左右两半，长度各 32 比特，然后根据密钥生成一个 48 比特的子密钥。接下来，分组的右半部分通过复制其中一部分数字被扩展到48比特，然后与子密钥进行异或运算，并将运算结果得到的48比特分成8组，每组6比特。然后，每一组会被输入一个置换盒（S盒），并得到一个4比特的输出。这8个S盒都是不同的，假设我们的6比特输入为011011，上页的表显示的是第5个S盒的结构。中间4比特的值为1101，所以我们找到1101所在的列，并找到首尾比特01所在的行，这个S盒的输出就是1001。

最后，这8个组各4比特的数据被连在一起组成一个32比特的数字，这个新的数字与原来分组的左半部分进行异或运算，然后将左右两半部分互换位置，重复下一轮处理。最终，当全部16轮处理完成之后，原始输入数据就已经被完全打乱了。

## 公钥加密（PKE）

**密钥可以提高密码的安全性，但它面临的最大挑战是收发双方如何安全地交换密钥。**

由布莱切利庄园的成果发展而来的英国政府通信总部（GCHQ）开发了一种密钥加密系统，与此同时，斯坦福大学的惠特菲尔德·迪菲和马丁·赫尔曼也对这一问题进行了研究。

公钥加密（PKE）是一种非对称密钥密码，也就是说加密和解密使用的是不同的密钥。罗纳德·李维斯特、阿迪·沙米尔和伦纳德·艾德曼三位麻省理工学院的研究者设计了一种基于极大质数（即只能被 1 及其本身整除的数）的公钥加密方法。后来他们成立了 RSA 公司。他们设计的这套密码系统至今被全球数十亿人用于网上银行、电子邮件发送等。

RSA 系统的原理是将两个极大质数的乘积用作其中一个密钥。常用软件 PGP 就使用了公钥加密，并结合其他一些加密方法来加密电子邮件。

公钥加密的安全性取决于窃听者计算出公钥与私钥之间的数学关系的难度。将两个质数相乘非常容易，但反过来，已知它们的乘积求出这两个质数，也就是质因数分解，却十分耗时。

用暴力破解的方法对大数进行质因数分解需要非常长的时间。RSA 表示：“以今天的硬件和算法来说，分解 100 位的数字很容易，但对于 200 位以上的数字，目前还没有成功分解的公开记录。”不过也有捷径，密码破译者有时会使用椭圆曲线法，通过解方程 $y^2 = x^3 + ax + b$ 来求出因数。

使用这些曲线上的点和群论，我们就可以求出因数。对于更大的数我们还可以使用筛法，即事先排除较小数字的乘积，以减少需要尝试的因数数量。

对于所有公钥加密系统，其弱点在于将来可能发现计算公钥和私钥之间的数学关系的更快方法。尽管分解质因数现在还十分耗时，但将来我们可能发现新的数学捷径来简化这一过程。此外，计算力的增长速度也有可能超出我们的预料，有人认为量子计算机可以轻松解决目前十分困难的质因数分解问题。

## 使用这种密码

公钥加密使用一对密钥——一个公钥和一个私钥。公钥一般存放在一个中央服务器中，任何人都可以访问。关键的是，公钥和私钥之间具有一定的数学关系。

假设 Bob 要向 Alice 发送一条消息。Bob 使用服务器中存放的 Alice 的公钥来加密这条消息，然后 Alice 使用她的私钥来解密。这个系统的巧妙之处在于，即便窃听者 Eve 截获了 Bob 的消息，由于她不知道 Alice 的私钥，也无法还原出原始的明文。

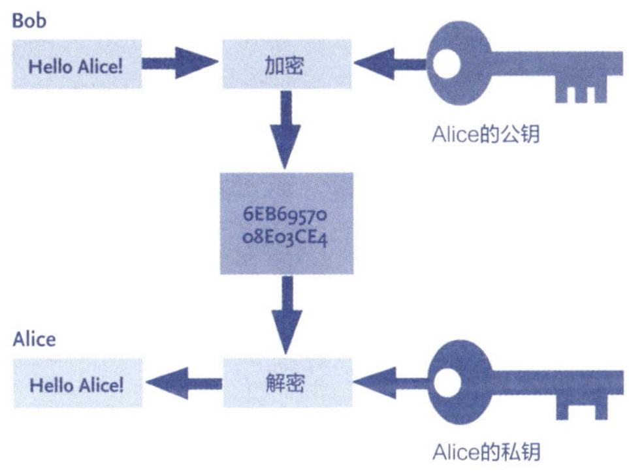


英国政府通信总部开发的公钥加密系统的图解

# Wi-Fi 密码

**很多人每天都能接触到加密系统，只是他们自己并没有意识到而已。当我们连接一个无线网络热点时，通常都会建立一个安全连接。那么如何确保安全呢？答案就是“流密码”。**

你可以把通过无线连接流动的数据想象成一串二进制数字（比特），流密码就是依次将其中每一个比特与另一串无限长的密钥中的一个比特进行数学运算。

一次性密码本使用的是真随机密钥，但流密码使用的则是伪随机密钥，这种密钥是通过数学方法生成的，具备足以满足统计测试要求的随机度。伪随机密钥会降低密码的安全性，却可以让密码具有更高的实用性。1999 年，802.11b Wi-Fi 标准采用了名为 WEP（Wired Equivalent Privacy）的流密码方案。WEP 基于罗纳德·李维斯特发明的 RC4 密码，李维斯特也是 RSA 算法的发明者之一。

后来 WEP 被宣布不再安全，因为有人发现与密钥相关的信息会被泄露到密文中。2001 年，密码学家弗鲁尔、曼丁和沙米尔发表了一篇论文，称攻击者只要能收集足够多的使用 RC4 加密的通信数据，就可以还原出密钥。AirSnort 等黑客工具都利用了这一漏洞。

这一漏洞的发现使 Wi-Fi 标准不得不采用更安全的 WPA（Wi-Fi Protected Access）方案。WPA 依然基于 RC4 密码，这意味着现有硬件只要通过固件升级就可以支持它，但它加入了一种新的密钥生成轮替机制，称为 TKIP（临时密钥完整性协议），它的作用是每传输 10 000 个网络包就更改一次主密钥。这意味着黑客将无法收集到足够多的密文数据来还原出原始密钥。

用于 Wi-Fi 密码的 RC4 使用 64 比特或 128 比特的种子。在 64 比特模式下，用户需要输入一个 10 位十六进制（0 到 9 加上 A 到 F）的口令，其长度相当于 40 比特，再加上一个 24 比特的初始化向量（IV）。通过无线连接传输的每个网络包的初始化向量都是不同的。在 128 比特 WEP 模式下，用户需要输入一个 26 位的十六进制口令，然后再与初始化向量进行合并。

上述步骤生成的种子会输入到 RC4 算法，并以此为基础生成长度无限的伪随机比特序列。RC4 算法会生成一个数组 S 并对其进行 256 轮迭代。在每一轮迭代中，数组 S 中的两个指定元素会进行交换，这两个元素和所指向的第三个元素的值就是输出的伪随机密钥。在加密过程中，伪随机密钥中的每一个比特都会与明文中的每一个比特进行异或运算。生成密钥的过程如右图所示：

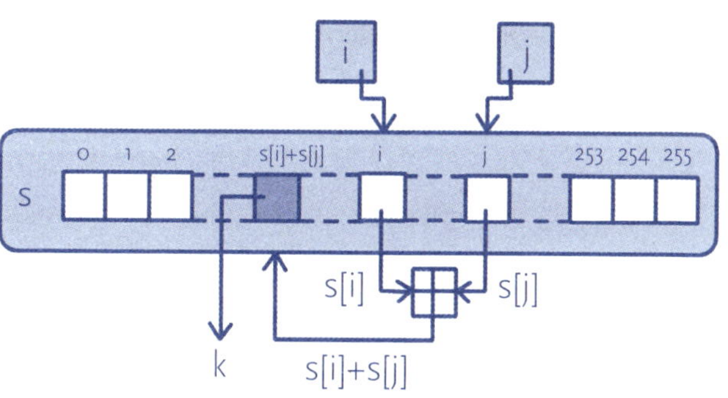

WPA 方案后来也被证明容易受到另一些类型的攻击，尤其是消息完整性编码密钥的攻击。在这种攻击中，攻击者会利用用于检查消息是否被篡改的完整性编码来还原出密钥。

## 纸牌密码

**纽约的布鲁斯·施奈尔是世界顶级密码学家之一，他发明或参与发明了多种密码算法，纸牌密码就是其中之一。**

1999 年，尼尔·斯蒂芬森出版了一部以密码破译为主题的小说《编码宝典》。纸牌密码正是为其中的情节而设计的。施奈尔 1963 年生于纽约，曾在罗切斯特大学学习物理专业，后又在华盛顿美国大学获得了计算机科学硕士学位。除了本专业的工作（他担任一家网络安全公司的首席技术官）之外，他还经常就密码学方法的问题撰写文章和发表演讲。

### 使用这种密码

施奈尔说：“一个特工很可能会面临特殊状况，比如无法使用电脑，或者会被发现拥有秘密通信工具而被举报。但如果只有一叠纸牌的话……

那还有什么好担心的呢？”

这种密码使用52张纸牌加上大小王，我们管大小王分别叫A王和B王。纸牌需要先洗牌打乱顺序，但接收者必须有一叠排列顺序完全相同的纸牌。

首先把纸牌面朝上拿在手里，先从里面找到A王，把它与后面一张牌交换位置。如果A王位于最后一张，那么就把它放到第一张牌的下面。然后找到B王，把它往后挪两张牌的位置。如果B王位于最后一张，那么就把它放到第二张牌的下面；如果B王位于倒数第二张，那么就把它放到第一张牌的下面。这两步必须按顺序进行。

如果一开始纸牌是这样排列的：

A 7 2 B 9 4 1

那么在完成上述两步之后就应该是这样排列的：

7 A 2 9 4 B 1

接下来，将牌堆里位于前一个王之前的所有牌，与位于后一个王后面的所有牌交换位置。比如：

2 4 6 B 5 8 7 A 3 9

交换之后就变成了：

3 9 B 5 8 7 A 2 4 6

将最后一张牌从牌堆中取出放在一边。如果这张牌是梅花，那么它代表牌面上原本的数值（J为11，Q为12，K为13）。如果这张牌是方片，则在其牌面数值上加13。如果是红桃，则加26，如果是黑桃，则加39。两个王都代表53。

按照最后一张牌的数值，从第一张牌开始数出相应数量的牌，然后将这些牌放到牌堆的最后，再把刚刚拿出来的最后一张牌放回去。

现在按上述方法计算出第一张牌所代表的数值，然后再从第一张牌开始往下数出相应数量的牌（第一张为 1），数完后接下来的一张牌就是输出牌。如果输出牌是王，那么就需要返回到找 A 王和 B 王的步骤重新开始。

如果输出牌不是王，我们就需要将它转换成数值，但方法和之前稍有不同。如果这张牌是梅花，那么它代表牌面上原本的数值（J 为 11，Q 为 12，K 为 13）。如果这张牌是方片，则在其牌面数值上加 13；如果是红桃，则代表原本数值；如果是黑桃，则加 13。

使用纸牌密码来加密消息时，我们先将每个明文字母都转换成数字，可以按照它们在字母表中的顺序，即 A=1……Z=26。

然后，我们用字母的数值加上输出牌的数值，如果两个数之和大于 26 则减去 26（也就是除以 26 求余数），然后再将这个数重新转换成字母。比如我们用 9+27=36，然后再减去 26 得到 10，那么密文字母就是 J。我们只要用纸牌重复上述全部步骤就可以得到第二张输出牌，并用它与第二个明文字母相加，直到所有字母都加密完毕。

接收者只要用相反的方式就可以解密出原始的明文。

## 高级加密标准

**20 世纪 70 年代，美国国家标准局（NBS）向社会公开征集一种加密方案，用来对那些无须审查但又敏感的政府数据加密。**

IBM 公司提交了一个基于对称分组密码的方案。这种密码每次只加密固定长度的分组，而且加密和解密使用的密钥是相同的。1977 年，他们发布了这个方案的升级版，也就是 DES，并很快被采用。

DES 的分组长度为 64 比特，密钥长度也是 64 比特，但其中只有 56 比特真正用于加密，其余比特用于传输过程中的错误校验。

后来，RSA 公司向组织和个人悬赏征集 DES 的破译方法，电子前线基金会（EFF）制造的 EFF DES 破解机（见第 183 页）可以在短时间内用暴力破解的方法遍历全部 256 个密钥。1999 年，EFF 又将破译周期缩短到一天。同年，升级版 DES，即“三重 DES”被采用，但事实证明 DES 在日益增长的计算力面前还是不安全的，终于在 2001 年被“高级加密标准（AES）”所取代。

目前还没有出现能让窃听者读取用 AES 加密的信息的公开破解方式。当然，一些针对 AES 的理论破解方法是存在的，这些方法可以在比完全暴力破解更短的时间内破译加密信息，但所需要的时间依然是超出现实承受能力的。根据《华盛顿邮报》2014 年的报道，美国国家安全局（NSA）前雇员爱德华·斯诺登爆料称，作为“渗透高难目标”计划的一部分，NSA 正在寻找破译 AES 的新方法，包括研发强大的量子计算机。

## 使用这种密码

AES 是一种对称分组密码，其原型算法是由两位比利时密码学家琼·德门和文森特·莱门提交给美国国家标准和技术学院（NIST，其前身就是 NBS）的。

这种加密标准的设计分组长度为 128 比特（也就是说它一次可以将 128 比特的明文转换成 128 比特的密文），但它可以使用长度为 128、192 或 256 比特的密钥，这三种模式分别被称为 AES-128、AES-192 和 AES-256（密钥越长，其安全性越高）。

这种算法对一个包含 16 个 8 比特的矩阵进行反复的变换操作。迭代总轮数取决于密钥长度：128 比特密钥为 10 轮，192 比特密钥为 12 轮，256 比特密钥为 14 轮。

在每一轮中，密钥会被打乱并与输入数据矩阵进行 XOR 运算（见第 183 ~ 185 页），然后进行“SubBytes”的变换步骤，这一步是用置换盒（S 盒）来交换矩阵中元素的位置。接下来对矩阵进行“ShiftRows”操作，这一步将第二行的每个元素左移一个位置，将三行的每个元素左移两个位置，将第四行的每个元素左移三个位置。然后，每一列中元素会通过“MixColumns”

操作进行变换，这一步是将每一列元素作为一个多项式并与一个固定的矩阵相乘（最后一轮中会省略这一步）。最后，矩阵中的元素会与经过扩展的密钥矩阵中的元素分别做 XOR 运算。

通过这些步骤，输出的密文已经经过足够复杂的数学变换，除了暴力破解之外很难对其进行有效的破译。未来的加密方案还会继续征集，这会催生出更多像 AES 一样足以超越当前破译能力，并可抵御来自破译者的持续挑战的密码系统。

## 安全散列算法

安全散列算法（SHA）是一类用于创建和校验数字签名的加密算法。

SHA 并非用于加密消息本身，而是用于验证文档和消息的真实性。它是互联网安全协议 TLS 和 SSL 的底层安全标准，也经常用于校验网站中输入的密码。

1993 年，SHA 标准首次作为一种密码学散列函数的例子被提出，这种函数可以将可变长度的文本压缩成一条标准长度的消息摘要。SHA 的安全性基于以下假设：已知一条消息摘要，几乎无法找出能够产生该摘要的原始消息，或者几乎无法找出能产生相同消息摘要的两条不同的消息，后者又被称为“碰撞”。此外，输入文本的微小改变将引起消息摘要的巨大改变。

原始的 SHA 规格发布后不久就被美国国家安全局（NSA）撤销，因为其设计中存在缺陷导致安全性下降。1995 年，它被 SHA-1 标准所取代。

SHA-1 能够产生长度为 160 比特的消息摘要。由于消息的数量是无限的，消息摘要的数量却是有限的，因此找到两条不同的消息具备相同消息摘要的概率为二百八十分之一。2005 年，一组中国密码学家宣布他们发现了一种方法可以用最多 269 次尝试找出可能的碰撞。尽管这依然是一个很大的数字，却足以为 SHA-1 判了死刑。2015 年，有人首次展示了针对 SHA-1 的攻击。

2001 年，256 和 512 比特的 SHA-2 标准问世。2015 年，1600 比特的 SHA-3 标准问世。这两种标准都是目前推荐用来替代 SHA-1 的。NSA 公司要求从 2010 年起所有政府应用必须使用 SHA-2，而谷歌和微软公司也宣布于 2017 年停止对 SHA-1 的支持。

## 使用这种密码

使用 SHA-1 时，你的消息先要被转换成一串二进制数字。以 ASCII 系统为例，字母 A、B、C 的编码分别是 01000001、01000010、01000011，于是文本 ABC 的编码就是 010000010100001001000011，长度为 24 比特。

接下来我们对消息进行填充，首先在原始消息的最后加上一个数字 1，然后在末尾加上以 64 比特整数格式表示的消息长度，最后在上面两段内容中间填上适当数量的 0，使得填充后的消息长度为 512 的整数倍。

填充后的消息会被拆分成长度为 512 比特的块，每一块再被拆分成 16 个 32 比特的小块，这些小块会经过一系列复杂的数学运算和函数的处理，如右图所示。

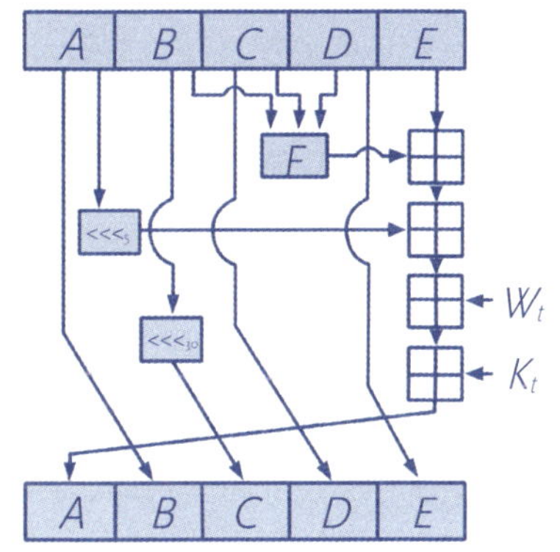


图中标有 *A* 到 *E* 的框代表 32 比特的临时变量，它们的值在散列过程开始时是固定的（在 SHA-1 标准中有规定）。对每一个 512 比特的块，散列过程会进行 80 次迭代（由下标字母 *t* 表示），然后变量 *A* 到 *E* 的值会被更新。

标有“<<<”的框代表比特平移函数，它会将输入的比特向左平移指定的位数（由后面的数字表示）。标有“*F*”的框代表一种能够将 3 个 32 比特数据合并成 1 个 32 比特数据的函数。

标有十字的框代表二进制加法运算（除以 232 的余数）。$K_t$ 是一个二进制常数，由 SHA-1 标准规定。而 32 比特的消息数据小块则会被从标有 $W_t$ 的位置滚动输入到散列算法中。

# 量子密码学及未来

量子力学的奇异世界也许正是终极的密码学手段，尽管一些专家对其是否真的实用表示怀疑。

测量一个东西看起来非常简单。想要知道一根绳子有多长，用卷尺量一量就可以了。然而，在量子力学的世界中，事情会因为“观察者效应”而变得有点超乎寻常。问题是这样的，在某些情况下，用来测量的东西和被测量的东西处于同一尺度，因此测量这个行为本身就会让测量结果变得一团糟。这有点像测轮胎的胎压，测量的时候总要放掉一点空气才行。这一现象提供了一种安全加密的可能性，这就是量子密码学。

一束光中的光子会沿特定的方向振动，这被称为“偏振”，太阳镜就利用偏振来削弱晴天时的阳光。光子有两种偏振方式：一种是沿水平或垂直方向偏振，另一种是沿对角线方向偏振。在量子密码学中，这些偏振方式可以用来表示二进制数字 0 和 1。例如，水平偏振（—）可以代表 0，那么垂直偏振（|）就代表 1；或者左上对角线偏振（\）代表 0，右上（/）代表 1。量子密码学尚处于早期研发阶段。从理论上来说，观察者效应的存在意味着这一系统是不可破解的。然而，正如其他一些密码系统一样，中间人破解依然可以成立，也就是说窃听者 Eve 可以伪装成 Bob（见公钥加密，第 185 ~ 187 页）。

关于量子密码学重要性的质疑，其核心可能并不在于科学本身，而在于它到底是代表一种真正的飞跃，还仅仅只是以一种更复杂的方式来实现传统的加密方法。当然，量子密码学的本质就是量子物理定律本身。量子力学是迄今为止提出的最精确的理论之一。由量子电动力学方程所计算出的数值，与通过实验观测到的数值之间的误差仅为一亿分之一。

尽管如此，科学发展的历史告诉我们，没有哪种理论是无懈可击的。牛顿提出了引力理论，科学终于能够解释为什么日月星辰能够以如此完美的方式运行了，轨道、月相，以及日食和月食都可以用这一严格的科学方法来解释。然而，1915 年，爱因斯坦指出尽管牛顿是正确的，但他的万有引力定律并不是普遍适用的。

量子力学还无法解释世界的全部，对世界更深层次的认识——例如超弦理论——也许可以帮助我们破解量子密码。同时，未来物理学的进步也可以帮我们设计出新的更难破解的加密方法。

或许我们用不着往前看那么远。隐写术，这一古老的技术可以隐藏消息的本身，而不是去改变消息中的字母或符号，而如今，隐写术正回归数字世界（见第 172 ~ 174 页）。人类有十根手指，十进制系统对我们来说是最自然的，但自从人类发明计算机以来，二进制系统就不断挑战着十进制系统的地位。我们将越来越多的信息转换成二进制数字，将音乐、照片和文本储存在计算机中以及云上。我们创造了一个完美的环境，使得将消息隐藏在全世界服务器的海量数据中成为可能，比如将消息隐藏在声音的随机起伏中，或者是隐藏在一张照片的像素之间。

## 怎样才能成为一名密码破译者

如果你立志成为一名密码破译者，当你遇到一段用未知密码加密的消息时，你应该从哪里入手呢?

首先，你应该收集尽量多的密文，因为密文越长破译的机会越大。然后，你需要分析一下密文中有多少种不同的符号。如果只有五六种(可能是字母、数字或者其他符号)，那它有可能是一种波利比乌斯方表(见第22页)或者ADFGX密码(见第130页)。

接下来，你可以尝试推测字母表以及明文所使用的语言，这些信息可以告诉我们密文中应该有多少种不同的符号。布莱切利庄园的盟军破译者知道他们要破译的原文是德语和日语;中东的破译者也许可以猜测要破译的原文是阿拉伯语。欧洲大部分国家所使用的拉丁字母表都包含26个字母，西里尔语包含33个字母，阿拉伯语包含28个字母，希腊语包含24个字母。当然，加密者可能会在密文中使用与明文相同的字母体系，也可能使用不相同的字母体系。

我们假设原文使用的是26个字母的拉丁字母表。如果密文足够长且只有25种不同的符号，那有可能用的是普莱费尔密码(见第108页)。如果符号的数量超过26个，那有可能用的是伟大密码(见第80页)这样的“词汇表”密码、同音代替密码(见第69页)，或者是一种密码本而不是简单的代替密码。如果密文符号正好有26种，我们可以统计一下它们的频率分布。每种语言的字母频率分布都有各自的特点，在英语中，字母 Q 的平均频率为 0.14%，在法语中，这一频率为 1.06%，而在德语中则几乎完全不使用这个字母。如果你进行频率分析（见第 30 ~ 35 页）并观察频率分布图，就几乎可以准确判断出原文所使用的语言。在英语中，出现最多的字母是 E、T、A、O、N，在法语中则是 E、A、L、S、T，在德语中则是 E、N、I、R、S。你还可以分析双字母组合以及其他 N 元组合，在英语中出现最多的双字母组合是 TH、HE、AN、IN、ER，在法语中则是 ES、EN、OU、DE、NT。

如果密文字母的频率分布与某个特定语言的字母频率分布十分吻合，那么这可能就是一种简单的代替密码，只要将几个高频字母代入进去再猜单词就可以了，短词以及包含标点的词是很好的切入点。如果密文字母的频率分布十分平均，那么你几乎可以断定它是一种多表代替密码，这样就需要借助于卡西斯基法（见第 147 页）和重合指数法（见第 98 页）等方法来进行破译。对于一些更复杂的密码，你可能需要借助一些抓手，比如一些明文和密文的对应样本就可以帮助破译。如果发送者经常发送详细的内容，比如某个特定地点的天气情况，那么这个固定出现的地名就可以用来分析加密方式。我们还可以利用计算机进行暴力破解，也就是尝试每一个可能的代替密钥。计算机可以快速遍历每一种可能性，并将解密出来的单词与语料库进行对比。

然而，即使是最厉害的破译者也不能保证每次都能成功。在很多情况下，时间或者密文材料不足都意味着一种密码不可能被破译。本书中介绍的一些尚未破译的谜题和密码也许永远都没有答案，这些谜题吸引未来的破译者前来挑战，并激励密码设计者继续不断探索更复杂、更有难度的加密方法。

# 词汇表

GLOSSARY

**Alice**：代表加密信息发送者的一个通用代号，参见 Bob 和 Eve。

**Bob**：代表加密信息接收者的一个通用代号，参见 Alice 和 Eve。

**Cipher**：一种以系统方法打乱字母顺序或者将字母替换成其他字母或符号来隐藏信息的方法。

**Code**：一种用密码本将单词或短语替换成相应文字或数字编码的方法。收发双方通常需要持有相同的密码本。

**Eve**：代表试图截获并破译加密信息的窃听者（eavesdropper）的一个通用代号，参见 Alice 和 Bob。

**N 元**：一串连续出现的 N 个符号、音节或单词。

**暴力破解**：通过逐一遍历所有可能的密钥来破译密码的方法。

**代替密码**：将明文中的字母替换成其他字母或其他多个字母的密码系统，参见“置换密码”。

**对等密码**：一种加密和解密过程完全相同的密码。

**多元代替密码**：一种同时置换一组字母而不是单个字母的密码，一组字母会被加密成另外一组符号。这种密码通过产生更平坦的频率分布来获得更高的安全性，破译这种密码同样需要大量的密文。

**非对称密钥**：加密系统中加密和解密使用不同的密钥。

**分离**：一种将单个明文字母转换成多个密文字母的密码方法，例如将字母替换成其在一张方格表中的 *X*、*Y* 坐标。

**分组密码**：一种在加密解密时对一整块数据而不是单个比特进行操作的密码系统。

**空字符**：添加到消息中用来混淆破译者的内容，例如在基于数字的密码结尾加上额外的 0。

**流密码**：将明文中的每个比特与一个伪随机比特流（密钥流）中的每个比特进行合并后生成密文比特的密码系统。

**路径密码**：一种将明文写在表格中

并通过绘制特定路径来打乱其字母顺序的置换密码。

**密文**：经过加密得到的文本。习惯上密文用大写字母表示，参见“明文”。

**密钥**：一条用来决定明文和密文之间转换方式的信息，如一个单词、短语或一串二进制数字。

**明文**：需要加密的原文。习惯上明文用小写字母表示。

**频率分析**：统计密文中所有符号的出现频率，并与某种特定语言的标准字母频率进行对比，从而建立密文和明文之间的某种联系。

**深度**：两段用相同密钥加密的密文称为“深度”。重复使用相同密钥会为破译者提供破译的捷径。

**数字隐写术**：将消息、文件或图片隐藏在另一条消息、文件或图片中的方法。这个单词“steganography”来自希腊语“steganos（隐藏）”和“graphia（书写）”。

**双字母组合**：指连续出现的两个字母。对双字母组合进行频率分析有助于建立明文和密文字母表之间的联系。

**同音代替**：在一种密码系统中，多种密文字符都可以表示同一个明文字符，目的是抵御频率分析攻击。

**置换密码**：将明文中的字母以复杂的方式进行重新排列得到密文的密码系统。异位构词游戏就是一个简单的例子，参见“代替密码”。

**中间人破解**：恶意窃听者截获收发双方之间的通信，并在双方不知情的情况下将原始消息或密钥替换其自行生成的新消息或密钥。

**抓手**：已知明文及其对应密文的样本，可用来对密码进行破解。

CODES by Mark Frary
Conceived and produced by Elwin Street Productions Limited

10 Elwin Street
London E2 7BU
UK
www.modern-books.com



著作权合同登记号：图字 18-2019-312

图书在版编目（CIP）数据

了不起的密码 /（英）马克 · 弗拉里著 ; 周自恒译
. -- 长沙 : 湖南科学技术出版社 , 2021.5
ISBN 978-7-5710-0911-3

Ⅰ . ①了… Ⅱ . ①马… ②周… Ⅲ . ①科学知识—少儿读物 Ⅳ . ① Z228.1

中国版本图书馆 CIP 数据核字（2021）第 048047 号

上架建议：少儿科普

LIAOBUQI DE MIMA
了不起的密码

著　　者：［英］马克 · 弗拉里
译　　者：周自恒
出 版 人：张旭东
责任编辑：刘　竞
策划出品：小博集
策划编辑：范　琼
特约编辑：刘佳欣
版权支持：姚珊珊　文赛峰
营销支持：付　佳
版式设计：李　洁
封面设计：八牛设计
出　　版：湖南科学技术出版社
（湖南省长沙市湘雅路 276 号　邮编：410008）
网　　址：www.hnstp.com
印　　刷：天津丰富彩艺印刷有限公司
经　　销：新华书店
开　　本：700mm × 875mm　1/16
字　　数：149 千字
印　　张：13.25
版　　次：2021 年 5 月第 1 版
印　　次：2021 年 5 月第 1 次印刷
书　　号：ISBN 978-7-5710-0911-3
定　　价：39.80 元

若有质量问题，请致电质量监督电话：010-59096394　团购电话：010-59320018